Wulffers en de zaak van het doodlopende spoor

Wulffers

en de zaak van...

het doodlopende spoor

DICK VAN DEN HEUVEL

Uitgeverij Mozaïek, Zoetermeer

Ontwerp omslag Studio Jan de Boer, Amsterdam
Illustratie omslag Johanna Baptist

ISBN-10: 90 239 9185 0
ISBN-13: 978 90 239 9185 4
NUR 331

Meer informatie over deze roman en andere boeken van Uitgeverij Mozaïek vindt u op www.uitgeverijmozaiek.nl

I

De trein uit Hamburg HBF kwam om 18.49 aan op perron 14a van het Amsterdamse Centraal Station en hoefde diezelfde avond niet meer verder of terug. Een schoonmaakploeg moest de wagons uitmesten, want reizigers leven in treinen niet zoals ze het thuis gewend zijn. Het gangpad lag bezaaid met snoeppapiertjes, kartonnen koffiebekertjes en stukken krant. Dat was het ergste niet. Zelfs de eersteklas-passagier had er klaarblijkelijk schik in zijn kauwgum rechtstreeks op de stoffen bekleding te plakken in plaats van nog even na te denken over de goedbedoelde opvoedende woorden van zijn ouders: 'Ruim die rommel op!' De reiziger is de laagste vorm van beschaving der gehele mensheid. Hij kwakt, morst, rommelt, scheurt, en maakt van zijn directe omgeving een zwijnenstal waar hij niet in zou willen wonen. Aan fantasie echter geen gebrek. Schoonmaker Jochem 't Hooft had in zijn lange carrière al op de meest onvoorstelbare plaatsen rotzooi moeten wegkrabben, wegpoetsen en wegtrekken. Soms deden reizigers daadwerkelijk moeite om de dichtstbijzijnde prullenbak te vermijden. Wat je soms onder de stoelen weghaalde aan smerigheid tartte elke beschrijving. Een trein was één grote asbak. Jochem werd er niet koud of warm meer van.

Ze waren met z'n zessen en ze hadden een half uur om dit treinstel weer helemaal spic en span te krijgen. Dan moesten ze naar 13a voor een even gore wagonreeks, dit keer uit Parijs. Aan het einde van de lange werkdag bedroeg de hoeveelheid afval uit verschillende treinen gemiddeld negenhonderddrieënzeventig kilo. Dagelijks vertrok er van het Centraal Station één vrachtwagen vol met troep die reizigers bij elkaar hadden gedronken, gekauwgumd, gegeten, gesnoten of anderszins hadden veroorzaakt.

'Meneer!' zei Jochem toen hij met zijn karretje vol schoonmaakartikelen in wagon 7 stond. Jochem voelde een stekende hoofdpijn opkomen. Straks maar even een aspirientje innemen. Hij keek rond. Het gebeurde wel vaker dat iemand op de vijf uur durende rit van Hamburg HBF naar Amsterdam CS in slaap viel en gewekt moest worden door de schoonmaakploeg. 'Meneer, u bent er!' De man sliep ogenschijnlijk door, dus ging Jochem maar vast aan de slag met de industriele stofzuiger die ongeveer tien keer zoveel herrie maakte als een gewoon huis-, tuin- en keukenmodel. Als hij kauwgum tegenkwam, klikte hij het ding even uit en nam een soort stoommachine waarmee het kakentrainertje snel kon worden losgeweekt. Ook al een ding dat niet geheel geruisloos zijn werk deed. 'Meneer!' zei Jochem nog maar een keer toen hij de stoel van de slapende reiziger was genaderd. En nog altijd werd de man niet wakker. Daarom besloot Jochem tot een duwtje, een heel licht duwtje, zo'n duwtje waar je wel wakker van wordt maar waarvan je heus niet van je stoel valt. Dat deed de reiziger wel. Hij viel om en klapte op de grond. Voor de laatste keer zei Jochem: 'Meneer!', maar toen besefte hij al dat het goed mis was. Van slapen was geen sprake.

Hij krabde zich achter het oor en sloot even zijn ogen, want de hoofdpijn leek alleen maar heviger te worden. In al die jaren van het edele schoonmaakwerk in Internationale Treinen had hij nog nooit een lijk gezien. Hij wist in ieder geval zeker dat hij er verder niets mee te maken wilde hebben en liep meteen naar buiten. Hij pakte zijn porto en probeerde zo goed mogelijk melding te maken van wat hij nu weer was tegengekomen in een van zijn treinen.

Binnen vijf minuten was perron 14a afgezet door de spoorwegpolitie en na een kwartier was de Technische Recherche ter plekke. De schoonmaakploeg hoefde niet naar de trein uit Parijs maar werd in de bedrijfskantine bij elkaar gehouden voor ondervraging. Op de andere sporen kregen reizigers in de gaten dat er iets aan de hand was. Een cameraploeg van de lokale televisiezender wist zich langs het roodwitte lint te wringen en probeerde ooggetuigen en betrokken politiemensen te spreken. Buiten stonden een ambulance en een aantal politiewagens met flitsende zwaailichten.

'Wat een kermis!' verzuchtte rechercheur Peter Hermans toen hij op het plaats delict arriveerde. Hij had beloofd om politiepastor Cas Wulffers even een lift naar huis te geven toen de melding van het dode lichaam in de trein over de politieradio binnenkwam. Omdat hij in de buurt was, besloot hij meteen naar de plek des onheils te rijden. 'Je kan daar een tram naar huis nemen,' zei hij tegen Cas. Die vond het goed. Die vond alles goed. Die wilde ook wel even mee. 'Dat is niet nodig,' zei Peter, maar dat was niet voldoende bezwaar en Cas bleef in het kielzog van de rechercheur.

'Het slachtoffer heet Gustav Sacher,' zei agent Jorus de Kuyper die al ter plekke was. Hij had de papieren van de dode man in zijn hand, keurig in een plastic hoesje want ze moesten nog naar het lab voor vingerafdrukken en ander sporenonderzoek. 'Drieënveertig jaar oud, woonachtig in Hamburg, ongehuwd. Ik zal Interpol vragen om nadere gegevens.'

'Doodsoorzaak?'

'Hij is doodgeschoten. Drie kogels. Twee door het hart, een door de buik. Wil je hem zien?'

'Ja graag,' zei Cas die onmiddellijk begreep dat hij iets te voorbarig was. 'Tenminste, als dat gepast is. Ik bedoel, aan leeftijd alleen kén je de mens niet,' verontschuldigde hij zich. Peter Hermans draaide zich naar hem om.

‘Cas, ga naar huis. Dit is moord. Volgens mij zijn jouw medemenselijkheid en troost op dit moment volledig overbodig.’

‘Oh,’ zei Cas. Hermans dacht dat daarmee de kous wel af was en stapte de wagon in. De politiepastor volgde, zoals lastige horzels wel eens doen. Over de schouder van de rechercheur zag hij op de grond een gedistingeerde heer liggen. Hij droeg een lange, donkere, kamgaren jas, met daaronder een driedelig pak in krijtstreep. Zijn hoed was bij de val van zijn hoofd gevallen en lag nu ongeveer een meter van hem vandaan. Er stond een klein bordje met nummer 7 bij, want de Technische Recherche was nog bezig om alles in kaart te brengen. Elk onderdeel van de moord en van het slachtoffer werd gefotografeerd.

‘Hm,’ zei Hermans.

‘Tja,’ zei Wulffers en dát deed hem de das om.

‘Ga weg!’ zei de rechercheur en nu was hij onverbiddelijk.

Cas stapte uit de wagon en werd onmiddellijk aangesproken door een kalende man die zich voorstelde als Willem Dolstra, directeur Centraal Station.

‘U bent van de recherche?’ vroeg hij en nog voordat Cas kon ontkennen, zei de directeur: ‘Ik heb die schoonmaakploeg in de bedrijfskantine zitten en het liefste stuur ik ze nu naar huis. Die mensen zijn volkomen overstuur. Vooral Jochem... die heeft het lijk gevonden. Die is al niet zo... tja, hoe moet ik dat zeggen... Jochem is een tikkie labiel. Niks aan de hand, hoor. Prima voor zijn werk. Maar bij dit soort dingen... dat kan hij eigenlijk niet aan.’

‘Wilt u dat ik even met Jochem praat?’

‘Als u dat wilt doen? En de rest van de schoonmaakploeg?’

‘U heeft hun namen? Dan kunnen ze wat mij betreft naar huis,’ zei Cas en hij wist dat hij daarmee volkomen buiten zijn boekje ging.

‘Loopt u met mij mee?’

Wie gewoon op doorreis is, zal nooit het hart van het Amsterdamse Centraal Station leren kennen. Officieel is het gebouw aan de kop van het Damrak een monument. Aan het einde van de 19de eeuw werd het ontworpen door architect P.J.H. Cuypers die ook het Rijksmuseum had mogen tekenen. Hij en zijn collega A.L. van Gendt wilden er een 'Paleis voor de treinreiziger' van maken. En zo is het gebouw ontworpen: als een kasteel met torentjes en zalen. Aan de oostkant heeft het een Koninklijk Paviljoen met brede deuren waar hofauto's naar binnen kunnen rijden om zo prinsen, prinsessen, koningen en koninginnen op statige en voorname wijze naar hun treinwagon te brengen.

Er is een doolhof aan gangen en doorkijkjes, zalen en corridors, trappenhuizen en dwarsverbindingen in het 306 meter lange gebouw. Alleen het personeel weet een weg te vinden in dit labyrint en zelfs dát verdwaald soms in het onoverzichtelijke maar prachtige gebouw dat rijk is aan allerhande ornamenten, zowel aan de buitenkant als ook binnen. Het is daarbij een plek die nooit in ruste is. Het vervoer verandert met de dag en daarmee ook het binnenwerk van het reizigerspaleis dat zich opmaakt voor de toekomst. Zoals in de laatste honderd jaar al zo vaak is gebeurd, wordt het Centraal Station ook nu weer verbouwd. En zo zal het altijd weer verbouwd worden. Dan weer wordt er een tunnel gegraven naar de trams op het stationsplein, dan weer wordt die tunnel dichtgegooid omdat het verkeer van het stationsplein wordt geweerd. Vervolgens wordt er een tunnel gegraven omdat de Amsterdamse overheid vindt dat er een verbinding van Noord naar Zuid moet komen. En ooit zal ook die tunnel wel weer worden dichtgegooid.

Cas begon de stad te kennen en ervan te houden. Hijzelf kwam uit een dorp in Brabant en woonde eigenlijk pas sinds een paar jaar in de hoofdstad van Nederland. Hij had de Amsterdammer leren kennen, met zijn geklaag en zijn humor, met zijn verraderlijk populaire gedrag, met zijn kapsones en zijn onzekerheid. En de stad kende hij ook. Er lag altijd wel een straat open. Er werd overal wel weer een gat gegraven waar niemand de reden van wist. Als je van de ene plek naar de andere moest in Mokum, kon dat nooit rechtstreeks.

Ze moesten nogal een weg afleggen om in de bedrijfskantine te komen, want overal in het station waren werkzaamheden aan de gang die een snelle tocht onmogelijk maakten. Maar uiteindelijk kwamen ze in een onverwachte zaal vol tafels en stoelen. Het was een statige ruimte met kroonluchters aan het hoge plafond en houtwerk aan alle wanden. De ramen hadden gordijnen die als draperieën werden vastgehouden door donkerrode koorden. De tafels waren van gepolitoerd notenhout en er waren overal schemerlampjes die de donkere ruimte niet écht veel lichter konden maken.

'Dit gaat allemaal weg mettertijd,' zei de directeur die nog steeds voor Cas uit liep. 'Wij zijn helemaal klaar voor de nieuwe tijd.' Cas vond dat jammer. Hij hield van ruimtes die nog helemaal het roemrijke verleden uitademden. Maar hij protesteerde niet.

Ze kwamen uit bij de tafel waar de schoonmaakploeg zat. Die hadden intussen kopjes koffie om een beetje bij te komen van de schrik. Een aantal van hen prikte daar een lekkere spoorpunt bij; een lekkernij die je alleen op de Nederlandse stations kunt vinden. Ze babbelden honderduit, over van alles en nog wat. Alleen Jochem 't Hooft at zwijgend zijn taart. De anderen leken nauwelijks van hun stuk gebracht door wat ze hadden meegemaakt.

'Dit is meneer Wulffers van de recherche. En hij vindt dat jullie allemaal naar huis mogen. Hij wil alleen nog even praten met Jochem. Als je dat goedvindt, Jochem?'

Jochem knikte en nam het laatste stukje spoorpunt. De anderen stonden op. Ze zouden vanavond vroeger thuis zijn dan gepland en ze hadden nog een verhaal te vertellen ook. Dat er een moord gepleegd was, leek bij hen alleen een anekdote te zijn. Iets waarmee je thuis kon komen. 'Wat ik nou heb meegemaakt!' Ze namen hun tassen en jassen, een van hen liep nog even naar Jochem en zei: 'Hou je taai, hè?' en toen waren ze weg.

'Dit is Jochem 't Hooft,' zei de directeur. Cas stak zijn hand uit.

'Ik heb het niet gedaan,' zei Jochem en zette zijn bordje op tafel. Cas keek even naar de directeur.

'Ik laat jullie twee even met rust,' zei die en hij liep weg.

'Heb je zoiets al eens eerder meegemaakt?' vroeg Cas zo meelevend mogelijk. 'Ik bedoel: een dood iemand in de trein?'

Jochem wreef over zijn voorhoofd en knipperde met zijn ogen. Naast hem stond een glas met daarin een bruistablet tegen de hoofdpijn. Hij pakte het even op en liet het even tussen zijn handen draaien. Het leek wel alsof er enige seconden, misschien wel minuten, in totale stilte voorbijgingen... alsof de woorden van Cas Wulffers niet tot hem doordrongen. Toen antwoordde hij toch.

'Nee, nooit. Soms ligt er wel eens eentje te slapen. Maar dit... hij is vermoord, hè?'

'Ja.'

'Wie doet nou zoiets?'

'Hoe gaat dat nou met zo'n trein en dat schoonmaken?'

'Nou ja, we hebben een schema. En daar staat op wanneer we in welke trein kunnen op welk perron en hoe lang we d'r dan over mogen doen. Dit was de 18.49 uit Hamburg, daar mochten we om 19.04 in. En dan hadden we tot 19.34 want om 19.50 moesten we de trein uit Parijs in.' Jochem nam nog een slok koffie. 'We beginnen altijd achterin. En dan werken we naar voren door. Je doet dat met zes man. We houden er wel een beetje variatie in, maar vandaag was ik de zuiger.'

'Stofzuiger?'

'Ja, en dan neem je de stomer mee. Voor de kauwgum. Hij zag d'r heel vriendelijk uit. Die dooie. Eerste klas, hè? Je ziet het verschil.'

'Wat is het verschil dan?'

'Kleding. Ze knippen hun haar. Ze zijn nooit ongeschoren. Als je geld hebt, reis je eerste klas en dan doe je ook alle andere dingen goed. Tweede klas heeft nergens geld voor over.'

'In de eerste klas heb je ook minder rommel?'

'Nee, dat niet. Of ze nou eerste of tweede klas rijden... het zijn allemaal asocialen. Ja, zo zie ik dat. Verder weet ik niks, meneer. Ik duwde tegen hem, om hem wakker te maken, begrijpt u wel. En hij viel om. Bleek hij dood te zijn. Hebben ze hem doodgeschoten?' Cas knikte. 'Waarom doen de mensen dat?'

'Ik zou het niet weten.' Cas legde een hand op de schouder van de man. 'Weet je wat jij doet? Ga lekker naar huis. Denk er maar niet te veel aan. Als we je nodig hebben, dan bellen we je wel... maar ik denk niet dat er nog wat is.'

'Als je maar niet denkt dat ik het heb gedaan, want ik heb het niet gedaan.'

'Nee,' zei Cas. 'Dat weet ik wel.'

'Maar wat het is,' zei Jochem die zich klaarblijkelijk het waanbeeld in zijn hoofd had gehaald dat hij wel eens voor de moord kon opdraaien. 'Er is niemand die hem gezien heeft, zoals hij was, dood bedoel ik. Alleen ik! Dus ik kan helemaal niet bewijzen dat ik het niet gedaan heb. Als jullie zeggen: Jochem, jij hebt het gedaan... ik heb geen bewijs dat ik het níet gedaan heb, weet u. Want niemand heeft het gezien, dat hij al dood was toen ik bij hem aankwam. Maar ik heb het écht niet gedaan!'

De ogen van Jochem vlogen in paniek heen en weer. Hij had tot dan toe zijn angst kunnen stollen in stilte, maar nu hij met iemand van de politie van doen had, kwam de emotie in grote golven naar buiten. Cas probeerde hem ervan te overtuigen dat hij in z'n geheel niet als verdachte in de zaak gold.

'Jij hebt het niet gedaan,' zei Cas.

'Maar dat kunt u niet bewijzen. Daar denk ik nou al een uur over na. Ik denk: straks zeggen ze d'r iets van. En dan moet ik naar de gevangenis. Dan moet je heel lang, de rest van je leven misschien wel, naar de gevangenis. In Amerika krijg je dan de doodstraf, terwijl je het niet gedaan hebt. En waar moet ik nou naar toe? Ik verdien niet genoeg geld voor een advocaat. Ik kan nou wel gaan vluchten, maar waar moet je heen?'

Cas realiseerde zich dat hij deze man niet zomaar naar huis kon laten gaan. Er was door de moord een kleine kortsluiting in zijn geest ontstaan en die leek alleen maar erger te worden nu hij erover kon praten.

'Waar woon je? Zal ik je naar huis brengen?'

'Ik had hier ook nooit moeten gaan werken.'

'Gebruik je medicijnen, Jochem?'

'Ja, maar die heb ik niet bij me,' zei de man. 'Die liggen thuis. Ik heb ze ook veel minder nodig, de laatste tijd, want ze zeggen dat het juist zo goed gaat. Maar ik geloof d r niks van. Ze gaan me opsluiten.'

'Ben je in behandeling bij iemand?'

'U denkt het ook, hè? U zegt maar wat... dat ik onschuldig ben. Maar u gaat me vangen en opsluiten.'

Cas zag uit een ooghoek Peter Hermans de ruimte binnenstormen. Die was witheet omdat de politiepastor mogelijke ooggetuigen naar huis had laten gaan, terwijl hij ze nog moest ondervragen. De rechercheur was van plan om Wulffers de mantel uit te vegen, maar Cas stond op en was hem voor.

'Dit is Jochem. Hij heeft het lichaam gevonden.'

'Ik heb het niet gedaan, hoor. Ik heb het werkelijk niet gedaan!'

'Jij moet eens goed naar mij luisteren,' begon Hermans.

'Nee, daar heb ik geen tijd voor,' zei Cas. 'Ik denk namelijk dat Jochem licht – of misschien wel zwaar – psychotisch is en ik moet onmiddellijk zijn psychiater spreken. Hij heeft medicijnen nodig en wel meteen.'

'Cas!' Maar dat was tegen dovemansoren. De politiepastor ging op in zijn werk, ging weer bij Jochem zitten en probeerde hem te kalmeren. De man bleef schreeuwen dat hij er allemaal niets mee te maken had, jammerde dat hij niet wist hoe hij uit de handen van de politie moest blijven, vroeg zich op een gegeven moment openlijk af of hij de moord niet tóch had gepleegd en pas na heel lang aandringen kreeg Cas een telefoonnummer voor noodgevallen. Hij gaf het aan Hermans die zuchtte dat 'hij niet van de hulpverlening was', maar toch even belde met de psychiater die onmiddellijk naar het Centraal Station kwam.

Later die avond keerde de rust pas weer. Wulffers ging met Jochem mee en bracht hem naar zijn huis aan de Goudsbloemdwarsstraat. De schoonmaker had jarenlang onder psychiatrische behandeling gestaan, maar was sinds een tijdje zover dat hij weer op zichzelf mocht wonen. Een zogenaamd 'beschermd-wonen-project' zorgde voor een beetje menswaardige zelfstandigheid en toch precies zoveel begeleiding dat Jochem niet opnieuw uit balans zou raken. Maar het evenwicht was wankel, en een verstoring – het aantreffen van een vermoord persoon – was voldoende om de chemische werking van allerlei stoffen in de hersenpan zodanig in de war te schoppen dat de psychoses weer in volle slagorde terugkwamen. Hij kreeg iets waarvan hij kon slapen, en de dosis medicijnen die nodig was om de hersens te kalmeren werd wat opgevoerd.

'We sturen raketten het heelal in, meneer Wulffers,' zei de psychiater bedachtzaam, 'omdat we denken dat er vele werelden zijn buiten ons zonnestelsel. Maar de ontdekkingsreis in onze eigen geest is nog lang niet volvoerd. Daar valt nog een compleet heelal in kaart te brengen. Wat onze eigen hersens vermogen, dat kunnen we met diezelfde hersens niet eens begrijpen.' Ze spraken elkaar op de gang. Cas was even de woning in geweest, maar kreeg al snel het gevoel dat hij daar niet welkom was. Elke binnendringer in de wereld van Jochem was er één te veel en bracht hem meer uit balans.

'Jochem 't Hooft heeft een vermoorde man gevonden,' zei Cas.

'En nu vraagt u zich af of hij méér heeft gezien dan hij nu zegt.'

'Als zijn geest zo in de war is, dan kan het toch zijn dat die geest hem bedriegt?'

'Goed mogelijk. Zijn getuigenverklaring is onbetrouwbaar.'

'Zou hij een dader kunnen zijn?'

'Nee, dat denk ik niet.'

'En waarom niet?'

'Omdat Jochem in situaties heeft verkeerd waar... – hoe zeg ik dat – waar wij allen het goedgekeurd hadden als hij geweld had gebruikt. En dat heeft hij niet gedaan.'

'En daarmee doelt u op... ?'

'Nee, dat kan ik niet zeggen. Dat is beroepsgeheim. Maar laat ik ermee volstaan dat zijn psychotische aandoening niet alleen een fysiek probleem is. Het is gegenereerd door afschuwelijke gebeurtenissen in zijn jeugd. Wat hij als jongetje heeft moeten doormaken, valt met geen pen te beschrijven. En hij heeft al dat leed gedragen, zonder ooit iemand kwaad te doen. Ik steek mijn hand voor hem in het vuur.'

'Maar een betrouwbare getuige noemt u hem niet.'

'Nee. Eén ding, meneer Wulffers... laat hem met rust. Dat is het beste voor hem, voor u en voor iedereen.'

Het klonk als een dreigement, maar Wulffers knikte. Hij zou Jochem met rust laten, zo veel mogelijk. Toch kon hij de psychiater niet verzekeren dat hij de schoonmaker niet meer zou spreken.

Op Bureau Warmoesstraat wachtte hem een enorme donderbui en die daalde vanzelfsprekend in volle glorie op hem neer. Peter Hermans zag hem binnenkomen en het leek wel alsof hij uit zijn bureaustoel gelanceerd werd. Hij stormde op Cas af en begon een tirade in een woordenstroom die niet meer leek te stoppen. Hij had er genoeg van! Hij had genoeg van deze amateur die op gezette tijden het gewone rechercheewerk verstoorde en dan ook nog eens beslissingen nam waarvoor hij geen enkele ruggespraak hield.

'Als jij zo nodig de koning van een eiland moet zijn, vertrek dan vannacht nog naar Texel. Of verder weg... Madagascar voor mijn part. D'r moet op de Stille Oceaan toch nog wel één onbewoond eiland zijn waar ze jou kunnen stallen? Weet je, Wulffers, jij bent in staat om mensen zo het bloed onder hun nagels vandaan te halen dat het een wonder is dat hier geen gewonden vallen.'

Wulffers onderging het kalm en gedwee. Als je fietst en het gaat regenen, dan word je nat. Dan kun je beter gewoon doorfietsen, want nat word je toch. En thuis is er wel een handdoek. Dit was een regenbui en Cas wist dat hij nat, natter en natst zou worden. Hij liet het gebeuren. Het duurde zeker tien minuten, maar gevoelsmatig had het ook een uur of een dag kunnen zijn... het was in ieder geval eindeloos.

'Die getuige...' begon Cas.

'Heb jij IETS gehoord van wat ik de laatste minuten tegen je heb gebruld?'

'Ja, sorry. Het spijt me heel erg. Maar die getuige, Jochem 't Hooft, daarvan moeten we de verklaring met een korreltje zout nemen. Zijn psychiater zegt dat hij de moord niet gepleegd kan hebben. Maar of het allemaal zo gegaan is als hij zegt, dat is niet zeker.'

'Huh,' mompelde Hermans enigszins uit het veld geslagen. 'Hij heeft gewoon een lijk aangetroffen.'

'Ja. Of hij heeft een moord zien plegen. Maar dat heeft hij dan verdrongen. En dan komen we daar niet achter.'

'Dat zullen we nog wel eens zien,' zei de rechercheur en hij greep de telefoon. Hij wilde agenten de opdracht geven Jochem van zijn bed te lichten, want als de verklaring niet klopte dan moest hij de man nú aan de tand voelen. Cas legde zijn vinger op de haak.

'Hij slaapt.'

'Kan me niet schelen.'

'Maar mij wel. Het is een psychiatrisch patiënt in een delicate balans. Daar gaan jij en ik voorzichtig mee om.'

'Ik moet hem nu spreken.'

'Morgen. En niet zonder mij erbij,' zei Cas nogal stellig. En ongetwijfeld was die houding hem duur komen te staan, als Jorus de Kuyper de afdeling niet op kwam lopen met een aantal faxen en computeruitdraaien in zijn handen.

'We hebben een grote vis!' zei de jonge agent. 'Die Gustav Sacher is de consiglieri van de Mendelssohn-connectie. Hamburgse recherche is al onderweg.'

Cas Wulffers wist niets van de Mendelssohn-connectie. Hij kende wel de componist Felix Mendelssohn-Bartholdy die in Hamburg was geboren en die op zijn negende al op het concertpodium stond. Hij stierf nog voor zijn veertigste, na een serie hartaanvallen, volkomen uitgeput en overwerkt.

'Met muziek heeft het niets te maken,' zei Jorus de Kuyper. Peter Hermans was niet van plan om Cas bij te praten en daarom had de jonge agent zijn stichtelijke collega even meegenomen naar de kantine. Niet alleen om hem in te lichten over het een en ander, maar ook om het lont tijdelijk uit het kruitvat te verwijderen, want Cas en Peter waren als het ongevaarlijke nitraat en het onschuldige glycerine die samen de uiterst explosieve stof nitroglycerine vormden. Een scheidingswandje was op dit moment wel raadzaam. 'Voor zover ik het weet, is het een Nederlands-Duitse bende die opereert vanuit Hamburg. Ze smokkelen internationaal chemische drugs. Nederland is het productieland. Hamburg doet de distributie. De samenwerkende recherchekorpsen proberen al een paar jaar de vingers achter die bende te krijgen, maar ze vissen steeds achter het net.'

'"Consiglieri" noemde je hem?'

'Ja, maar je mag ook zeggen "advocaat van kwaaie zaken". Elke keer als iemand wat tegen de bazen van het spul heeft, duikt Gustav Sacher op en weet ze dan uit de handen van de autoriteiten te houden.'

'Een advocaat, dus?'

'Ja. Met een heel eerzaam bureau in Hamburg en een dependance in Amsterdam. Hij reist klaarblijkelijk vaak op en neer.'

'Dus dit is een afrekening in het criminele circuit.'

'Daar ziet het wel naar uit. En dat zorgt voor de nodige beroering, maar een dader pakken we dan meestal niet.'

'Nee?'

'Nee, Cas. Er zijn de afgelopen tien jaar vijfentwintig van dit soort liquidaties geweest. Het patroon is steeds hetzelfde. Iemand denkt veilig te zijn; laat de hond uit, maakt een ritje met de auto, zit in een treincoupé, loopt over straat. Er verschijnt iemand op een fiets, een brommer, een scooter... die schiet een paar kogels – meestal door hoofd en hart – en maakt zich vervolgens uit de voeten. Die moordenaars zijn meestal ingehuurde Joegoslaven. Die kosten niet veel, een paar duizend euro inclusief onkosten. Het enige wat ze willen is geld, een naam en een adres. En niemand die ze ooit te grazen kan nemen.'

'En dit is zo'n zaak?'

'Ja. Eigenlijk kan morgenochtend het dossier al weer dicht. D'r zijn wel rechercheurs mee bezig, hoor. Een groot team, maar dat werkt buiten ons bureau. Die proberen die georganiseerde misdaad in kaart te brengen en er uiteindelijk de angel uit te trekken. Maar ja, die zijn al jaren bezig zonder werkelijk resultaat.'

Cas knikte. Het moest inderdaad een machteloos gevoel geven als je niet in staat was om dat soort grote misdadigers achter slot en grendel te brengen. Hij ging de kantine uit en liep meteen naar Hermans toe.

'Ik wil mijn excuus aanbieden.'

'Dan ben je daar knap laat mee.' De rechercheur was volledig uit z'n hum.

'Ik... ik beloof je dat ik je in deze zaak niet voor voeten zal lopen.'

'Wulffers, jij bent hulpverlener. Troostbroeder. Professioneel uithuilschouder. Verzin er een term voor, maar wat jij ook bent, je bent géén smeris. Als je dat nou eens zou onthouden!'

'Ja. Ik denk dat ik het nu begrijp.'

'Nou, dat zou een mirakel zijn.'

Cas was vastbesloten om Peter Hermans niet meer voor de voeten te lopen in deze kwestie. Morgenochtend kwamen de rechercheurs uit Hamburg en dan moest Amsterdam meewerken aan een internationaal onderzoek naar de moord op Gustav Sacher. Daar konden ze die politiepastor absoluut niet bij gebruiken, en Cas was daar volledig van doordrongen.

Maar hij ging niet naar huis, ook al was het intussen diep in de nacht. Hij wist dat het lichaam van Gustav Sacher naar de patholoog-anatoom was gebracht, en hij had wel zin in een goede nachtelijke conversatie met zijn kompaan Andreas de Graaff die ongetwijfeld nu bezig was het lichaam te schouwen en een begin te maken met het sporenonderzoek.

'Ik wil eigenlijk zo snel mogelijk weer naar mijn bed,' zei De Graaff toen hij Wulffers binnenliet.

'Ja, ik ook,' zei Cas. 'Ik kwam alleen maar even buurten.'

'Het is kwart over twee!'

'Ben je bezig met die Duitser?'

'Ja.'

Andreas de Graaff merkte al snel dat de hulpverlener zich niet zou laten wegsturen, dus opende hij de deur en ging hem voor naar de blauwe hal waar het naakte lichaam van Gustav Sacher intussen op een tafel lag. De patholoog-anatoom had Mendelssohn opgezet, want hij wist intussen wiens lichaam hij aan het bekijken was. De onrustige klanken van het strijkkwartet no. 3 in D-groot maakten het beeld niet alleen luguber maar ook angstaanjagend. Cas dwong zichzelf tot dicht bij de tafel want hij wilde de man in het gezicht kijken.

'Tijdstip van overlijden, als dat je tenminste interesseert, is zo rond zeven uur in de avond,' zei Andreas nogal droog. 'Maar ik heb het donkerbruine gevoel dat je daar niet voor komt.'

'Is dat van belang dan?' vroeg Cas Wulffers nogal naïef.

'Ja, want dat betekent dat deze meneer is doodgeschoten rond of net ná de aankomst van de trein. Dat is voor het onderzoek van doorslaggevend belang.'

'Zo!' zei Wulffers.

Jochem had het over een 'vriendelijke man' gehad en nu Cas het gezicht zag, kon hij niet anders dan dat beamen. Hij had een bijgeknipte grijze baard en snor. Het leek alsof zijn mond in een glimlach bestorven was. Hij had rimpels zoals aardige mensen die hebben. Niet op de plekken waar ze moeten fronsen, want ze fronsen zelden. Maar wel bij de mondhoeken omdat ze vaak lachen. Ongetwijfeld was deze Gustav Sacher een misdadiger. Maar daar ging het Cas niet om.

'Wat voor mens was het?'

'Geloof mij. D'r kleeft bloed aan zijn handen,' zei Andreas de Graaff die nooit wat op had met criminelen.

'Dat vroeg ik niet,' zei Cas. 'Ik wil graag weten wat hij deed als hij geen misdadiger was.'

'Crimineel... dat is geen beroep,' zei de patholoog-anatoom. 'Het is niet iets wat je van negen tot vijf doet om daarna weer gewoon huisvader te kunnen zijn. Je bent het in hart en nieren. Je droomt het 's nachts en je ontbijt het 's ochtends. Je slaapt het, je leeft het. Of je nou op een boot zit, of in een vliegtuig, onder een palm ligt of aan een bureau zit... je bent het de hele dag, de hele nacht, je hele leven. Je bent er mee doordrenkt.'

'Dan lijkt hij op mij,' zei Cas.

'Nee, dat is iets heel anders,' zei Andreas de Graaff.

'Is dat zo?'

Cas bekeek de man nog één keer goed en beloofde zichzelf toen dat hij Gustav Sacher beter zou leren kennen... ook al was hij dood.

2

De Stippeltoren aan de Zuidas van Amsterdam is een groot spiegelend gebouw dat uitzicht biedt op andere spiegelende kantoorgebouwen en de ringweg rond de stad. Het is een efficiënt gebouw met veel licht en maximale bereikbaarheid.

'Saaier dan dit kan het leven niet worden,' verzuchtte Cas Wulffers toen hij zijn fiets aan een van de verchroomde rekken vastzette. Hij kon hem er makkelijk kwijt. Blijkbaar ging niemand op de fiets naar de Stippeltoren. Hij zag rode oplichtende letters boven de parkeergarage 'VOL' schreeuwen. Men ging hierheen met de auto, of anders met het openbaar vervoer. Boven stopte de sneltram alsof er een directe verbinding was tussen het Centraal Station en dit kantoorgebouw.

Frederik Stippel was de stichter van het advocatenkantoor Stippel, Van Buren, Holdering en Van Sloten. Het bureau had nog altijd de vier namen, want dat stond beter, maar Stippel had twee van zijn confraters al vroeg in zijn carrière uit het bedrijf gewerkt en was met de derde getrouwd, waarmee het imperium gesticht was. Als een soort dictator had hij het kantoor gerund en groot gemaakt. Er waren officieren van justitie, rechters en collega-advocaten die de schrik in de benen kregen als ze in de buurt van de Stippeltoren kwamen. Er was werkelijk geen advocatenkantoor in Nederland dat een hoger percentage gewonnen zaken had dan Stippel c.s. Logisch ook: dreigde een zaak verloren te worden dan werden er zoveel juridische medewerkers op een dossier gezet dat zelfs het allerkleinste vormfoutje boven water kwam. Alleen al de imponerende mankracht die op een zaak werd gezet, liet de balans van Dame Justitiae vaak in Stippels voordeel uitvallen. De baas van het spul was er steenrijk door geworden en niet oud. Op negenvijftigjarige leeftijd stond zijn hart stil terwijl hij op zijn jacht op de Middellandse Zee dobberde. De helikopter op het achterdek wist hem in een kwartier bij een ziekenhuis in St. Tropez af te leveren waar men hem nog poogde te reanimeren.

Sinds zijn onfortuinlijke dood drie jaar geleden werd het bedrijf draaiende gehouden door de zoon en de dochter van Stippel, beide beëdigde advocaten en beiden 'gezegend' met hetzelfde meedogenloze managers-gen dat hun vader van nature had. Ze hielden er een hardvochtig bewind op na, met werkuren die veel eerder dan negen uur 's ochtends begonnen en veel later dan zes uur 's avonds eindigden. De beloning van het juridisch personeel daarentegen was ruim. Wie in de Stippeltoren werkte, kon voor zijn vijftigste stoppen met werken, want dan was hij of zij 'binnen'. Gek genoeg had dat niet gegolden voor de stichter, en zijn zoon en dochter wisten dat het ook voor hen niet zou opgaan. Voor de leiders van de natie geldt geen enkele compassie, niet van hun medewerkers en zeker niet van de wereld om hen heen. Angela en Thomas Stippel hadden nagenoeg geen privéleven en eigenlijk alleen maar de haast rituele opdracht om hun bedrijf in de vaart der volkeren op te stoten.

Cas Wulffers had geen afspraak en dan dring je niet door tot de bovenste verdiepingen van de Stippeltoren. De portier laat je domweg niet door het plexiglazen hekje gaan. En mocht je hem van je missie kunnen overtuigen, dan waren er zeker enige tientallen secretaresses en andere medewerkers die ervoor zouden zorgen dat je de top van het bedrijf nooit zou bereiken.

'U bent zeker nogal aangeslagen?' vroeg Cas aan de strenge beveiligingsman achter de allereerste balie die hij tegenkwam.

'Hoe dat zo?' vroeg die op een ongenaakbare toon.

'Vanwege de moord op Gustav Sacher. Mijn condoleances. Mijn diepste medeleven.'

'U bent?'

'Cas Wulffers. Predikant.'

'Kunt u zich identificeren?' Dat kon Cas. Niet dat er een speciaal paspoort bestaat voor predikanten, maar Cas had een politie-identificatie en daarop stond zijn functie omschreven. De bewaker bekeek het plaatje aan alle kanten. 'De politie is al geweest, hoor. Ze hebben de directie gesproken.'

'O, maar ik heb geen functie bij de recherche,' zei Cas. 'Ik bezoek de nabestaanden van slachtoffers en probeer een troostend woord te spreken. Wellicht een bijdrage te leveren aan de rouwverwerking, misschien te assisteren bij het verzorgen van de uitvaart.'

'Ach,' zei de bewaker die werkelijk niet wist wat hij met deze man aan moest. Hij had zo zijn regels en die paste hij nauwgezet toe. Die stonden allemaal zwart op wit en hij volgde ze met een prachtige beloning in de vorm van een vast maandsalaris plus bonussen. Dít dreigde echter door het vergiet van zijn verstandelijke vermogens heen te vloeien. 'Ik zal eens even bellen,' zei hij, want vanuit zijn jeugd had hij een diep respect overgehouden voor zielenherders. Cas knikte. De man pakte de telefoon en belde degene die direct boven hem stond, maar die wist er ook geen raad mee. Vervolgens ging het zeven doorverbindingen verder en kwam de portier in aanraking met hooggeplaatsten die hij alleen 's ochtends beleefd mocht groeten, maar met wie hij nauwelijks ooit een woord wisselde. Uiteindelijk zei er iemand die het ook niet wist: 'Stuur maar naar boven!' Cas kreeg een bezoekerspas. Hij moest uitstappen op de 11de verdieping en daar vragen naar het secretariaat. Dat was vaag genoeg voor Wulffers om eens lekker te verdwalen.

Liftenbouwers houden er een opmerkelijke helderheid op na. Logisch ook, hun denken is rechtlijnig: het gaat óp en het gaat néér. Meer hoeven ze niet te bedenken. En verder heeft de liftenbouwer als levensmissie dat hij mensen toegang verschaft tot het hogere. Vraag je een bewaker naar de plek waar de directie huist, dan vraagt hij vervolgens waarom je dat moet weten. Maar in een liftcabine staat dat gewoon bij de knop van de desbetreffende etage. Dus: 'Verdieping 23 – Directie'. Cas was vergeten op welke etage hij moest zijn, dus drukte die knop maar in. De lift had daartegen geen enkel bezwaar.

En zo arriveerde Cas op de verdieping waar hij niet mocht, maar wel moest zijn. Die van Angela en Thomas Stippel. En Angela was net van plan om enige medewerkers op de 21ste verdieping volledig onderuit te schoffelen omdat een bepaald dossier hun dreigde te ontglippen. Zij wilde instappen en Cas kwam net uit die lift.

'Ik ben verdwaald,' zei Cas. 'Ik kom mijn condoleances overbrengen in verband met het tragische overlijden van de heer Sacher. Ben ik dan goed bij u?'

'Ik...' aarzelde Angela, want ze wist niet wie ze tegenover zich had.

'Ik ben politiepastor. En ik heb het lichaam van de heer Sacher gisteravond mogen beschouwen. Ik wil eigenlijk vooral weten of er nabestaanden zijn.'

'Die zijn er niet. En u moet helemaal niet op deze verdieping zijn,' zei Angela geïrriteerd, terwijl Cas de liftdeuren openhield.

'U bent...?'

'Angela Stippel.'

'Ach!' zei Cas met grote ogen. 'Deze toren is van u. Nou, zeg ik het heel onbeleefd. Dat bedoel ik niet. Maar u bent dus een Stippel!'

Even leek Angela Stippel van haar stuk gebracht. Politiemensen lustte ze dagelijks rauw op een toastje. Maar wat zei hij nou dat hij was? 'U bent wát?'

'Politiepastor. Ik wed: daar heeft u nog nooit van gehoord. Klopt hoor. Ik ben predikant. Ik heb gewerkt bij de Landmacht. En nu werk ik als troostvader bij de Amsterdamse politie. Ik bied steun als agenten grote emoties moeten verwerken. En daarnaast houd ik mij bezig met de hulpverlening aan slachtoffers en nabestaanden. Van politiewerk weet ik niets.'

'En u bent van de kerk of zo?' Angela Stippel was geïntrigeerd, dat zag Cas. En hij wierp zijn grootste charme in de strijd, die van de totale onhandigheid.

'Ik houd u helemaal van uw werk! En daar kom ik helemaal niet voor. Het gaat mij erom... Het lichaam van meneer Sacher bevindt zich nu bij de afdeling pathologie en moet natuurlijk naar Duitsland. Maar we willen dat zo zorgzaam mogelijk doen.'

'Waarom die moeite?'

'Waarom die moeite niet?' zei Cas meteen. 'Meneer Sacher is een mens als iedereen. En men betreurt de doden, ongeacht de manier waarop ze gestorven zijn en ongeacht het leven dat ze hebben geleefd,' zei de politiepastor met opmerkelijk veel compassie voor het slachtoffer. En dat deed Angela Stippel een heleboel.

'Komt u maar mee,' zei ze en liep voor hem uit naar een grote kamer aan het einde van de gang. Ze duwde een andere deur open en vroeg een van de vele secretaressen die zich daar ophielden om Thomas te bellen. 'Gaat u zitten.' Cas ging de ruimte binnen waar een grote vergadertafel stond met aan het hoofd een projectiescherm. Bij het raam stonden twee ruime driezitsbanken van wit leer tegenover elkaar. Een van de wanden was een kast die Angela opende.

'Wilt u iets drinken?'

'Fris, maar als het te veel moeite is...' Ze trok een ijskast open die gevuld was met tientallen flesjes van diverse frisdrankmakelij. Ze hield een flesje cola omhoog en Cas knikte. 'Ik voel me bezwaard,' zei de pastor en dat meende hij.

'Ik heb vanochtend al enige uren verloren aan politiemannen die van alles willen weten over Gustav Sacher. Dus deze minuutjes kunnen er ook wel bij. Als ik maar niet weer het hele verhaal hoef te vertellen.'

'U hoeft niets. Ik wil eigenlijk alleen maar in contact komen met familieleden.'

'Die zijn er niet.'

'Ach,' zei Cas en dat speet hem oprecht. Hij zag het beeld voor zich van de gedistingeerde vriendelijke man met zijn opmerkelijk dure kleding die zoveel tijd besteedde aan het bijknippen van zijn keurige grijze baard. En hij dacht aan de woorden van Prediker: 'IJdelheid der ijdelheden, alles is ijdelheid.' Of liever, al dat uiterlijk vertoon voor niets. 'Wij kunnen het lichaam vanzelfsprekend overdragen aan de Hamburgse politie, maar dat voelt niet goed. Zo onpersoonlijk. Zijn er wellicht vrienden die zich om zijn begrafenis bekommeren? Hij was toch een medewerker van uw bureau?'

'Jawel,' zei Angela, maar daar klonk een aarzeling in. Op dat moment ging de deur open. Het was Thomas die binnenkwam. Iets wat gepaard ging met nogal wat lawaai.

'Ik doe ze een proces aan!' schreeuwde Thomas. 'Dat houdt ons maar van ons werk. Als we de politie nou gewoon afschaffen. We geven die taken aan een particuliere ordedienst, moet je zien hoeveel geld we als samenleving besparen. En er is er nu ook weer één verdwaald in het pand.'

'O, dat ben ik, geloof ik,' zei Cas verontschuldigend.

'Dit is meneer... Ik ben uw naam kwijt,' zei Angela Stippel.

'Cas Wulffers. Ik werk weliswaar voor de politie, maar ik ben hulpverlener en ik ben eigenlijk alleen maar bezig met de zorg over het lichaam... dat moet terug naar Duitsland, en ik overlegde met uw...'

'Zus,' zei ze.

'Zuster of er misschien nabestaanden waren.'

Thomas fronste.

'Meneer Wulffers is predikant.'

'Het moet niet gekker worden,' zei de advocatenbaas nogal boers.

'Wat zoekt u hier, eigenlijk?' vroeg Angela Stippel nogal doordringend aan Cas. En ze vroeg het op een toon waardoor duidelijk was dat Cas er niet met de eerste de beste onbenulligheid mee weg zou kunnen komen. Ze kneep haar ogen samen en ze keek hem streng aan. Ze legde de nadruk op het woord 'zóekt'. Ze paarde schoonheid aan een grote mate van intelligentie. Hoe oud zou ze zijn? Zesentwintig, zevenentwintig? Ze had blond haar, een spijkerbroek en geen gram te veel. Haar neus was spits en haar ogen helderblauw alsof die als röntgenstralen overal doorheen konden kijken. Thomas leek in geen enkel opzicht op zijn zus. Hij had de neiging dik te worden, zijn gezicht was zelfs een beetje pafferig. Ongetwijfeld kostte het pak dat hij aan had een flinke duit, en toch zat het niet lekker. Dat had niets met het pak te maken, maar alles met een lijf dat wat vormeloos was. Een buikje, een kromme houding. Zij was de lucht, en hij was de aarde, dacht Cas. En daarmee had hij hun karakters een plek gegeven.

'Wat zoek ik hier,' herhaalde Cas. 'Nou ja, ik was toevallig op het plaats delict en heb wat bijstand verleend... degene die het lichaam aantrof was een wat labiele man die daar erg van in de war is geraakt. En die getuige – of hoe je dat ook noemen mag – zei: "Hij zag eruit als een aardige man." Ik ben later die nacht nog naar de afdeling pathologie gegaan om mijzelf daarvan te overtuigen. Ik weet wel: een gezicht is nog geen leven en ook geen karakter, maar ook ik vond dat daar een aardig mens lag.'

'En dat intrigeerde u?'

'Ja, omdat dit aardige mens vermoord is, en dat is dan niet in overeenstemming met zijn wezen. En ook omdat ik over dit aardige mens hoorde dat hij hechte banden onderhoudt met het criminele circuit. Men noemt hem de consiglieri van de Mendelssohn-connectie.'

'Is dit een ondervraging?' schreeuwde Thomas plotseling. 'Dan haal ik een paar van onze advocaten op. U insinueert dat wij connecties onderhouden met criminelen en dat komt u duur te staan, meneer.' Hij liep al naar een telefoon.

'Nee, nee,' zei Cas. 'Geenszins. Ik heb ook helemaal geen verstand van dat soort dingen. Uw zuster vroeg mij op de man af waarom ik doe wat ik doe. En ik gaf daar – op mijn beurt op de man af – antwoord op.'

'Wij hebben niks met drugs van doen! Heeft u dat goed begrepen? En u kunt uw spullen pakken en verdwijnen, meneer Wulffers. Binnen vijf minuten bent u weg, anders zorg ik dat u voor het leven geschorst bent.'

'Er is niemand die mij schorst, meneer. Dat wat ik ben, ben ik voor de rest van mijn leven.'

'Dat zullen we nog wel eens zien!'

'Thomas!' zei Angela scherp. Ze krabde even met een gelakte nagel in haar nek, alsof het een tussen hen afgesproken teken was waarop haar broer moest inbinden. Hij sputterde nog even.

'Er is geen macht boven die van mijn Grote Baas,' zei Wulffers uitermate beleefd. 'Ik denk dat het beter is dat ik ga. Ik zie dat u veel woede in u heeft. En daar heb ik op dit moment geen plek voor. Ik zoek namelijk naar mensen met genegenheid voor het slachtoffer.'

'U bent van de politie. U bent alleen maar geïnteresseerd in daders!'

'Nee,' zei Cas Wulffers. 'Dat is pertinent onjuist, meneer Stippel. Ik ben nauwelijks geïnteresseerd in daders. Maar in mensen wil ik mij graag verdiepen.'

Hij stond al toen Angela hem verzocht nog even te gaan zitten. Ze liep naar haar broer en keek hem even aan. Het leek alsof zij met onderlinge blikken konden praten. Hij kalmeerde zichtbaar, alleen al door de ogen van zijn zus. Toen hij rustiger werd, ging hij zitten. En daarop draaide Angela zich naar Wulffers toe.

'Weet u wat een advocaat is, meneer Wulffers? Dat is een van de weinige mensen die geen uitspraak doet over de schuld of onschuld van mensen. Als iemand ons bedrijf binnenkomt en vraagt of wij hem willen verdedigen, dan is het feit of hij wel of geen dader is geen criterium. Iedereen in onze rechtstaat heeft namelijk het recht op verdediging. Ongeacht wat hij gedaan heeft.'

'Maar u zult er toch wel een mening over hebben?'

'Als advocaat niet, nee. Als mens, soms. Maar eerlijk gezegd kan ik – en kunnen mijn medewerkers – dat tot bepaalde hoogte uitsluiten. Hoe verwerpelijk de misdaad ook is die iemand heeft gepleegd, en geloof me: misdaad kan zo verschrikkelijk verwerpelijk zijn, dan nog zullen we zijn verdediging ter hand nemen.'

'Wat die misdaad ook is?'

'Wat die misdaad ook is,' zei ze stellig. 'Uw kerk staat toch ook open voor de zondaar?' Cas knikte, maar niet helemaal als bevestiging. Meer om na te denken over hoe hij daar zelf in stond. Hij vroeg zich af of hij veroordeelde en buitensloot. Er waren zulke gruwelijke misdaden dat hij met de misdadigers in kwestie niets te maken wilde hebben. Maar moest hij toch niet naar ze luisteren als ze om vergeving vroegen? En stond hij daar altijd wel open voor? 'U twijfelt, zie ik,' zei ze.

'Niet echt. Ik weet wat ik moet zeggen, maar ik vraag me af of ik mijn eigen regels wel altijd zo zuiver toepas.'

'Waar gaat dit over?' vroeg Thomas die geen tijd had voor bespiegelingen.

'Over Gustav Sacher,' zei Angela. 'En over het feit of hij een crimineel is omdat hij zich met criminelen inliet.'

'Gustav deugde,' bromde Thomas en het leek alsof ook hij persoonlijk gekwetst was door het verscheiden van de Duitse advocaat.

'Weet u wat het is, meneer Wulffers? Ik zou u heel veel over Gustav Sacher kunnen vertellen. En ik zou u in contact kunnen brengen met mensen in zijn omgeving. Maar het probleem is dat ik daarmee ook mijn beroepsgeheim prijsgeef. Want ik zal het dan over mensen moeten hebben die iets op hun kerfstok hebben. En ik zal zaken moeten onthullen waarvoor geldt dat ik ze dien te verzwijgen... zeker tegenover iemand van de politie.'

'Dat begrijp ik,' zei Cas.

'Wat ik wél kan doen, is u in contact brengen met diegenen die in Duitsland zijn begrafenis zullen regelen. Dat is een bevriend advocatenkantoor in Hamburg. Die weten verder niets. Niets van zijn privéleven, niets van zijn cliënten, niets over Gustav Sacher dat u – met uw goede hart – graag wilt weten. Maar ze zullen zijn begrafenis zeer zorgzaam afhandelen. En ik zeg u alleen maar dat uw intuïtie klopt. Gustav Sacher was een goed mens.'

Nu stond zij op en dat was het teken dat dit gesprek was beëindigd. Cas pakte zijn jas en gaf haar een hand. Zij pakte uit haar tas een kaartje en schreef er een code op. 'Natèpac' stond er.

'Het kost altijd moeite om met mij of mijn broer in contact te komen, maar als u deze code doorgeeft, heeft u mij binnen de kortste keren aan de lijn.'

Cas kwam buiten en wilde naar zijn fiets lopen, toen hij zag dat op zo'n honderd meter van de Stippeltoren zich een gedaante ophield. Een man met een lange zwarte jas en een hoed waarin zijn gezicht compleet verscholen leek. Wulffers had de fietssleutel in zijn hand maar liet het rijwiel toch maar even voor wat het was en liep naar de figuur die zich nauwelijks leek te verroeren. Dichterbij gekomen zag hij wie het was.

'Jochem?' De getuige die het lichaam van de advocaat in de treinwagon had gevonden staarde onbewegelijk naar het spiegelgebouw en leek verder haast ondoordringbaar voor impulsen van buitenaf. 'Jochem,' herhaalde Cas daarom nog maar een keer, maar opnieuw kreeg hij geen reactie. Daarop besloot de politiepastor om pal voor hem te gaan staan en de naam nog een keer te herhalen. 'Wat doe je hier?'

'Hier was het waar hij werkte,' zei Jochem met zijn donkere stem die klonk als de grootste klok van de Westertoren.

'Hoe lang sta je hier al?'

'Ik weet niet.' Hij leek gebiologeerd te zijn door de reflectie van zichzelf in de grote ruiten op de begane grond. Hij was niet van plan het gebouw dichter te naderen, want hij stond als versteend. 'Jij komt er net uit, zag ik.'

'Ik heb gesproken met mensen die hem hebben gekend.'

'Toen hij leefde,' zei Jochem.

'Ja, vanzelf,' antwoordde Cas met een schouderophaal.

'Ik ken hem alleen dood,' ging de schoonmaker verder. 'Hoe kom je daarbinnen als je naar buiten wordt gespiegeld? Als je dichterbij komt, raak je verderaf. Je kunt de spiegel niet door, want dan komt je spiegelbeeld door jou heen.'

'D'r zit een deur,' zei Cas. 'En als die opengaat, kun je er naar binnen. Als je langs de portier komt, tenminste.'

'Er is wit en er is zilver. Voor veel mensen is dat hetzelfde, maar voor mij niet. Wit weerkaatst het licht, zilver het beeld. Allebei laten niets toe, maar het zilver weert werkelijk af.'

Cas begreep die woorden niet. Ze kwamen op hem over als raadselachtige cryptogramopgaven.

'Neem je wel je medicijn, Jochem?'

'Het zilver houdt de waarheid buiten,' zei de schoonmaker. 'Dat zie je toch? Kijk maar hoe ze het doen. Je kan jezelf zien, waardoor je altijd buiten blijft. Maar het wit... het wit houdt de waarheid binnen. Het mag niet uit het wit, want het moet daarbinnen blijven.'

'Ik weet niet waar je het over hebt,' zei Cas. Toen haalde Jochem zijn handen uit de zakken. De palmen waren van binnen helemaal wit geschilderd, alsof hij ze neer had gelegd in een bak met witte verf. Hij hield ze naar Cas op en de politiepastor deinsde even achteruit. Een moment lang schoot de gedachte door hem heen: 'Dit zijn de handen van een moordenaar!' Het volgende moment prentte hij zichzelf in: 'Dit is géén moordenaar!' Hij keek hem aan en hij zag nu hoe de grote vent zijn eigen handen bekeek.

'Ik weet niet hoe ze zo zijn geworden. Maar wit zijn ze wel. En dat is goed want nu zijn ze vlekkeloos. Het is goed om vlekkeloos te zijn,' zei Jochem en hij stak zijn handen opnieuw in zijn zakken. Daarop draaide hij zich om en liep weg. Cas keek hem na en vroeg zich af of hij met hem mee moest gaan, of wellicht moest volgen. Hij deed niets. 'Laat hem met rust,' had de psychiater gezegd en dat deed hij nu. Met tegenzin.

Toen Cas uiteindelijk zijn fiets pakte, scheen het gebouw hem veel minder kil dan hij in eerste instantie had gedacht. Er moest daarbinnen iets van warmte zijn, want zo had hij de ontmoeting met Angela en Thomas Stippel ervaren. Alleen was hij daar niet veel wijzer van geworden. Zwaarder drukte de onverwachte ontmoeting met Jochem 't Hooft op zijn ziel, wiens psychiatrische stoornis groter was dan hij in eerste instantie had verondersteld. Hij zette het beeld van de grote stoïcijnse schoonmaker van zich af en probeerde op de fiets zijn gedachten te bepalen tot de moordzaak. Gustav Sacher hield zich op in de marge van de criminaliteit en was doodgeschoten. Dat was niet zomaar. Er stond iets op het spel waardoor er een einde aan het leven van de Duitse advocaat gemaakt moest worden. Cas haalde zijn schouders op. Hij was niet in dienst van de Amsterdamse politie om moordenaars te vatten, hij was er om de méns. Maar iets in hem zei dat hij alleen dicht in de buurt van de menselijke kant van deze zaak kon komen als hij de moord zou oplossen.

Hij fietste terug naar Bureau Warmoesstraat. Bijna een half uur trapte hij tegen de wind in en al die tijd probeerde hij zijn gedachten te ordenen. Hij ging na wat hij wist en wat hij niet wist. Hij liet het gesprek met Angela en Thomas nog eens de revue passeren. Hij kende hun eigen geschiedenis een beetje – die had hij zich laten influisteren door Karen Joosten, de wachtcommandant, toen hij naar het adres vroeg – en bedacht dat Gustav Sacher misschien wel eens de vader zou kunnen zijn die de twee in hun echte leven hadden moeten ontberen.

Dat laatste was een gok.

Hij had geen enkele aanwijzing dat Frederik Stippel een slechte vader was geweest. Een hardwerkende vader, dat wel. Iemand met ambitie en zeker bereid om daarvoor offers te brengen en te vragen. Iemand met weinig menselijkheid; Karen Joosten had letterlijk gezegd: 'Frederik Stippel ging over lijken.' Maar zij had ook gezegd: 'Zijn kinderen treden in zijn voetsporen en zijn geen haar beter.' En dat laatste kon hij niet beamen na dit gesprek. Thomas leek de minst begaafde van de twee, een ongecontroleerde heethoofd die wellicht schade zou berokkenen als zijn zus hem niet onder haar hoede hield. Angela was niet alleen slim, maar paarde intelligentie aan een levenswijsheid die groot was voor haar leeftijd. Van wie had ze die? Van Frederik Stippel? Klopte het beeld van de vader wel met de werkelijkheid? Was er aanleiding om daar wat meer navraag over te doen? Hoe ver moet je kijken buiten een zaak om, om uiteindelijk tot de kern daarvan door te dringen? Cas wist het niet. Hij fietste zich helemaal in het zweet.

'Wat moest jij bij Stippel?' vroeg Peter Hermans toen Wulffers Bureau Warmoesstraat binnenliep.

'Ik loop je niet voor je voeten, Peter,' zei Cas nogmaals.

'Ik vroeg je wat.'

'Ik heb die man zien liggen bij pathologie en ik vond dat ik enige zorg moest besteden aan het vervoer van het lichaam naar Duitsland. Hij heeft geen familie. Hij heeft nauwelijks vrienden. Ik vond dat niet meer dan mijn plicht.'

'Het is een crimineel!' schreeuwde Peter Hermans.

'O ja, waar is hij dan voor veroordeeld?'

'Voor niets. Omdat die gasten altijd de dans ontspringen. Hij is een van de slimste advocaten die er in Europa rondlopen. Die pak je niet zomaar.'

'Goed, dus hij is niet veroordeeld. Waar verdenk je hem dan van? Voor welk misdrijf zou je hem willen pakken?'

'Ik ben jouw getreiter meer dan zat, baas!' zei Hermans.

'Nee, Peter, het is een serieuze vraag. Ik wil het heel graag weten. Wat voor feiten heb je die je hem kunt nadragen? Heeft hij drugs gesmokkeld? Dan wil ik dat graag weten. Bij welke transacties is hij betrokken? Jullie moeten toch iets hebben?'

'Dat is het juist! We hebben niets! En dat is allemaal zijn schuld.'

'Hij is de advocaat van een stel criminelen. Daarmee is hij nog geen crimineel.'

'Hij houdt ze uit de wind, begrijp dat dan toch!'

'Dat is zijn werk!'

'Nee, Cas. Dat is niemands werk. Dat is misdadig. Boeven horen achter de tralies, net zo lang tot ze geen boeven meer zijn.'

'Dat is te simpel.'

'Zo simpel is het. Wij zijn de goeien. Zij zijn de slechten. En wij pakken de slechten en zetten ze in een gevangenis. En omdat jij dat onderscheid blijkbaar niet kunt maken, ga ik Pengel zeggen dat jij tijdelijk geschorst moet worden.'

'Wat?!'

'Jij belemmert ons in het politiewerk. Jij gaat praten met mogelijke betrokkenen en je saboteert dat wat wij met de recherche doen. Ik wil dat jij maar eens een tijdje thuis gaat zitten.'

En Peter Hermans liep met stalen gezicht en straffe pas naar het kantoor van Chef Pengel die maar een paar minuten nodig had om de ernst van de verwijten tot zich door te laten dringen. Hij kwam naar buiten, in de rust die een commissaris eigen is, en liep op Wulffers af.

'Ga naar huis, Cas.'

'Ik heb niets gedaan wat...'

'Ik vraag niets, ik oordeel niet, ik zeg niets, behalve: ga naar huis.'

Het klonk streng en hard, en volstrekt onrechtvaardig. Op de achtergrond stond Peter Hermans met een overwinnaarsblik in de ogen. Cas knikte. Hij ging zijn spullen pakken en zou vertrekken.

Thuis was er niets wat zijn aandacht kon afleiden. Hij probeerde wat te lezen, maar de letters dansten voor zijn ogen. Hij zapte wat langs de zenders op tv, maar die vertelden hem alleen dat sommige aandelen in waarde gezakt waren en andere gestegen. Cas had geen aandelen. Er was geen nieuws over de moord op Gustav Sacher. De politie tastte in het duister, zei de nieuwslezeres. Cas wist dat het waar was.

Hij kon niet thuis blijven zitten. Hij probeerde het wel, maar het lukte niet. Uiteindelijk ging hij naar buiten, doelloos en zonder plan. De enige plek waar hij heen wilde was het Centraal Station. Hij pakte zijn fiets en reed erheen. Daar aangekomen kon hij zijn fiets niet kwijt, want er stonden al tienduizenden fietsen waarvan de meeste waren verroest. Uiteindelijk vond hij een lantaarnpaal die wel even op zijn rijwiel wilde passen.

Hij liep het station in en wandelde tussen de haastige reizigers door naar spoor 14a dat al lang weer was vrijgegeven. Zelfs de trein was weg, terug naar Hamburg HBF ongetwijfeld. Tussen de rails zochten muizen naar voedsel en brachten dat naar een gaatje dat in het beton was gevallen. Ongetwijfeld was daarbinnen een muizenhuisje met een vader en een moeder en een muizengezin dat zich verheugde op de lekkernij die een van de ouders tussen de rails had opgepikt.

Hij ging naar het bord van de aankomsttijden en probeerde de trein uit Hamburg erop terug te vinden. De meeste borden op het station gaven slechts de vertrektijden weer, maar op spoor 14a was er één met tijden van aankomst. Rode letters op een geel plakkaat. Vandaag was het vrijdag, gisteren was het donderdag. Hij ging met zijn vingers langs de tijden en vond 18.49 Hamburg HBF met tussenstop Osnabrück. Het was één van de twee treinen uit de Hanzestad. De andere kwam aan om 10.49. Ook die maakte een tussenstop in Osnabrück. Over het perron liep een conducteur en Cas hield de man staande.

'Kunt u mij vertellen hoe laat je uit Hamburg moet vertrekken om de trein te nemen die hier om 18.49 aankomt?' Dat wist de conducteur niet uit het hoofd, maar gelukkig had de Nederlandse Spoorwegen zijn dienstpersoneel uitgerust met een handige palmcomputer waarin alle dienstregelingen – nationaal en internationaal – waren opgeslagen. De man was uiterst behulpzaam.

'Die trein vertrekt om 13.46 van Hamburg Hauptbahnhof.'

'En die van 10.49?'

'Eh, laat me kijken. Dat is dan om 5.46 in de ochtend.'

Cas knikte bij wijze van dank je wel. Hij zag nergens een bankje, dus hij liep het perron af, de stationsgang door en beklom het eerste perron. In de deftige restauratie aan de Oostzijde kon hij even zitten. Een ober vroeg hem wat hij wilde drinken en hij bestelde een cappuccino en een spa blauw.

Gustav Sacher had geen privéleven. Hij had alleen maar zijn werk. Tenminste, zo kwam het tot nu toe over. Natuurlijk waren er allerlei argumenten om dan pas om kwart voor twee uit Hamburg te vertrekken. Je had nog de hele ochtend om allerlei zaken te regelen, en dan was je de volgende ochtend vroeg al in Amsterdam om hier op kantoor van alles te doen. Maar nam je trein van kwart voor zes 's ochtends dan had je een groot deel van de donderdag om te werken in Amsterdam, en óók de hele vrijdag. Cas probeerde zich een beeld te vormen van de man. Of liever van twee mannen. Eén die de trein van 's ochtends vroeg nam, de ander die 's middags ging. Hij probeerde er onderscheid tussen te maken.

De man die 's ochtends vertrekt, is de ware workaholic, want die houdt per definitie meer tijd over. Degene die 's middags vertrekt, heeft een avond in Amsterdam. Een hele avond. Een avond waarin je nog kunt dineren. Een avond waarin je vrienden kun ontmoeten. Gustav Sacher had geen vrienden, geen familie... Wat zou hij dan die avond gedaan hebben? Waar bleef hij? In welk hotel zou hij slapen? Hij wilde de telefoon pakken om Peter Hermans te vragen of die wist waar Sacher verbleef als hij in Amsterdam was, maar hij hield het apparaatje werkeloos in zijn hand. Hermans zou hem die inlichtingen niet geven. Zeker nu niet.

Hij haalde uit zijn zak het kaartje van Angela Stippel en draaide bijna werktuigelijk het nummer. Een secretaresse nam op.

'Mevrouw Stippel kan momenteel niet aan de telefoon komen,' zei ze nogal bloedeloos.

'Natèpac,' zei hij zachtjes, want hij las het woord op het kaartje. Een klik, daarna nog één.

Toen zei iemand: 'Ja?'

'Mevrouw Stippel. Met Cas Wulffers weer. Ik val u lastig, maar ik vroeg mij af of ook alle spullen uit de hotelkamer naar Hamburg waren gestuurd?'

'Dat regelt Hotel Victoria zelf,' zei ze. Cas keek door het raam van de stationsrestauratie en zag de naam van het vijfsterrenhotel tegenover het station.

'Dan maak ik mij om niks druk,' zei hij verontschuldigend. Ze groette hem, hij groette haar en drukte zijn mobiele telefoon uit.

Hij moest nodig eens naar dat hotel.

3

De Amsterdamse binnenstad ligt bezaaid met hotels. In de jaren zeventig schoten ze als paddestoelen uit de grond. Er kon geen bouwplek vrijkomen of een internationale hotelonderneming zette er wel een gebouw neer met tientallen kamers. Op een gegeven moment waren er meer hotels dan woningen in de binnenstad. Voormalige kerken, het voormalig stadhuis, voormalige kantoorpanden, voormalige drukkerijen van diverse kranten, voormalige opvang voor onbehuisden en voormalige kloosters werden allemaal omgebouwd tot hotels. De één heeft nog duurdere kamers dan de andere en allemaal zitten ze vol, want Amsterdam teert op zijn Gouden Eeuw, op zijn Rembrandt en Van Gogh, op zijn grachten en paleizen, op zijn havens, zijn geschiedenis en daarom op zijn toeristen.

Hotel Victoria is de statige grootmoeder van al deze ondernemingen. De opening trok eind 19de eeuw bekijks uit heel Nederland. Nergens was zo'n luxe en vooral duur hotel te vinden als recht tegenover het Centraal Station. De typische Amsterdamse architectuur met blinden voor alle ramen en het prachtige crème-witte marmer waaruit het gebouw was opgetrokken, spraken tot ieders verbeelding. Als je als rechtgeaarde Mokummer je aanstaande bruid wilde verrassen, dan nam je haar na de huwelijksvoltrekking mee naar een mooie kamer in het Victoria-hotel om daar de bruidsnacht door te brengen. Of je droomde dat je dat ooit zou doen als de Staatsloterij je welgezind was, of er betere tijden zouden aanbreken in het land.

Even had het Victoria-hotel het moeilijk, toen links en rechts in de hoofdstad concurrentie veel meer service en luxe bood voor veel lagere prijzen. Dus ging het bouwwerk begin jaren negentig dicht voor een grootscheepse renovatie waardoor er nu sportzalen, jacuzzi's, zwembaden en beautyparlors waren op verschillende verdiepingen. En sindsdien deed het Victoria weer volop mee in de strijd om de gunst van de toerist die zich een edelman moet voelen als hij in het hotel aankomt.

De portier draagt immer een keurig kleurig uniform en de hotelklerk spreekt zeven talen. Kofferjongens slepen je bagage naar je kamer en op je bed ligt een chocolaatje voordat je slapen gaat. Het zijn de kleine dingen die het doen.

Ook in Hotel Victoria was de politie al geweest. De receptionist reageerde daarom korzelig op de aanwezigheid van Cas Wulffers.

'Jullie werken allemaal langs elkaar heen,' zei hij.

'Ik hoef niet op zijn kamer te kijken,' zei Wulffers. 'Ik vroeg me alleen wat af. Meneer Sacher logeert hier toch regelmatig?'

'Hij komt altijd donderdagnacht en hij gaat op zondag om half vijf weer naar huis.' Cas had de vertrektijden van de trein naar Hamburg genoteerd. Die ging – ook op zondag – om 17.13 van het Centraal Station om dan – alweer met een tussenstop in Osnabrück – om 22.10 op het Hauptbahnhof te arriveren.'

'U zegt: donderdagnacht.'

'Meneer Sacher heeft met ons een uitstekende regeling getroffen. Wij houden zijn kamer altijd vrij. Als hij om een uur of elf, twaalf binnenkomt, kan hij meteen doorlopen. Hij heeft altijd kamer 323, op de derde verdieping. Uitzicht op het Damrak. Daar is nu niet veel aan, moet ik toegeven, maar doorgaans is dat een prachtige plek.'

'Maar meneer Sacher komt nooit vroeger dan een uur of elf?'

'Nou ja, dat kan een kwartier schelen... ik let daar niet zo op. Nogmaals, hij heeft een flexibele regeling met ons. Wij zorgen er gewoon voor dat zijn kamer altijd beschikbaar is op donderdagavond. En dan maakt het niet uit hoe laat hij komt.'

'Maar het gaat mij vooral om de tijd...'

'Dat zeg ik u nét,' zei de receptionist nu érg geprikkeld, 'daar let ik niet op. Het kan half elf zijn, half twaalf, half één... iets in die richting.'

'Ja, ja,' zei Cas. Hij keek om zich heen. 'Waar kan je hier eten?'

'Waar komt u vandaan? Van Mars? Dit is Amsterdam, meneer!'

'Maar als je Gustav Sacher bent... waar eet je dan?'

'Bent u wel van hier? Amsterdam! Wij hebben geloof ik twintigduizend restaurants. En u vraagt waar je kunt eten? Je kunt hier overal eten. Je hoeft maar twee minuten te lopen en je eet de heerlijkste gerechten. Ik wéét niet waar meneer Sacher at.'

'Liet hij wel eens iets komen op zijn kamer?'

'Niet op donderdag, in ieder geval.'

'Maar wel op vrijdag of zaterdag.' De receptionist was het gezeur zat. Hij vond deze kwibus hoogst irritant en als hij niet van de politie was, dan had hij nu Bureau Warmoesstraat gebeld om hem weg te laten halen.

'Ja, misschien.'

'Kunt u nakijken of hij dan speciale wensen had?'

'Meneer!'

'U houdt dat toch bij in de computer?'

'Ik zou het... hij had een zoutarm dieet. Meer weet ik echt niet. Zoutarm, voor de rest at hij alles.'

Cas knikte en bedankte de man voor zijn informatie. Hij ging naar buiten en keek over het Damrak.

Hij schrok.

Aan de overkant bij het water stond een gedaante die hij nu onmiddellijk herkende. Even leek de man zich af te wenden, maar een seconde later herstelde de verschijning zich en wachtte af. Cas stak over en liep naar hem toe.

'Jochem.'

'Dit is wit dat niet meer wit is,' zei de schoonmaker.

'Hoe kom je hier?'

'Ik loop achter je aan.'

'Waarom?' De grote man haalde zijn schouders op. Hij keek naar het Victoria-hotel alsof het gebouw hem volstrekt biologeerde. Zijn ogen dwaalden van raam naar raam. Zijn ogen waren scherp maar vol paniek. 'Waarom loop je achter mij aan, Jochem?'

'Jij gaat overal binnen. Zomaar. Of het wit of zilver is, niks schijnt je te deren. Waar stopt het?'

'Jochem, jij hebt mij niet alles verteld over de moord, is het wel?'

'Waarom kunnen ze jou niet stoppen? Het is wit, dat moet stoppen. Wit stopt het. Wit is ondoordringbaar! Zie dat dan toch!'

'Over welk wit heb je het, Jochem? Wat is dat voor wit? Heeft het iets met die moordzaak te maken?'

'De dood is het witst van al het wit. Er is geen witter wit dan het wit van de dood!'

'Heb jij Gustav Sacher vermoord?' vroeg Cas.

'Het is niet één dode. Het is niet die dode. Het is de dood die rondwaart. Ik...' Plotseling leek de grote man te wankelen. Hij moest zich vasthouden aan de leuning bij het water. Cas wilde hem vastpakken, maar hij sloeg de helpende handen van zich af. 'Afblijven!' schreeuwde hij.

'Jochem. Je moet me vertellen wat je zag of wat je hebt gedaan. Dat is beter. Dat begrijp je toch?'

'Wit houdt de mond voor eeuwig dicht,' zei Jochem en hij liep weg. Even liep Cas hem achterna, maar de rijzige gestalte draaide zich woedend om en zei: 'Wie volgt hier nou wie? Jij volgt mij! Ophouden daarmee.' En toen liep hij door. Cas twijfelde. Wat moest hij doen? Met rust laten .. dat was makkelijker gezegd dan gedaan. Wie liet wie nou eigenlijk niet met rust?

Hij ademde de lucht van de stad in en probeerde grip te krijgen op zijn verstand. Hij was bezig het leven van Gustav Sacher te reconstrueren en zijn zoektocht moest vervolgd worden. Misschien was er een connectie tussen Sacher en Jochem, maar de laatste leek minstens zo ondoordringbaar als het 'wit' waar hij de hele tijd over sprak. Dan maar de lijn van Sacher volgen... misschien kwamen ze samen. Soms is een omweg de snelste manier om ergens te komen.

Het Damrak. Hier moest Gustav Sacher op de donderdagen zijn diner hebben gebruik. Hier of hier in de buurt. Hij keek de brede straat af. Hier kon je inderdaad van alles eten, maar het paste niet bij het pak dat Gustav Sacher droeg. De eettentjes aan het Damrak leverden pizza's, en toeristenmenu's onder een tientje, shoarmaschotels en meer van dat soort varkensvoer dat een belediging is voor de menselijke smaakpapillen. Als je ergens NIET moest gaan eten, was dat wel bij de buren van het Victoria-hotel.

In de laatste jaren voor het millennium had de gemeente de Amsterdamse Zeedijk aangepakt. Dat was eertijds de plek waar zich het schuim van de aardbodem en het tuig van de richel ophield. Geen slechter oord dan de Zeedijk. Jongens van de penose en dames van lichte zeden bevolkten het smalle straatje dat naar de Nieuwmarkt leidde in die tijd. Maar het was 'schoongemaakt'. De pandjes waren gerenoveerd en in de straat waren allerhande eettentjes gevestigd die groter naam en faam hadden op te houden. Het publiek was navenant veranderd. Je kon nu met goed fatsoen over de Zeedijk flaneren als oppassend burger. En je kon jezelf voeren met de smaken van de hele wereld.

Cas stak het Damrak over, de brug naar de Prins Hendrikkade en liep de Zeedijk op. Het zou een kroegentocht worden en toch wilde hij weten of iemand hier ooit Gustav Sacher had gezien, een man in dure donkere kamgaren jas, met een hoed en een driedelig krijtstreeppak, een bijgewerkte baard die grijs was vanwege zijn leeftijd. Hij ving bot bij zes, zeven restaurants die hij mogelijk tot het domein van de Duitse advocaat rekende. Uiteindelijk kwam hij in de vooravond aan op de Nieuwmarkt waar in de lente alle terrassen goed gevuld waren. Bij De Waag brandden fakkels en ook daar genoot menigeen van de zwoele zomeravond en een bijpassend drankje. Met een zucht ging Cas er zelf ook maar zitten. Hij had bot gevangen. Hij wist zeker dat er iets was wat hij moest weten over de donderdagavonden van Gustav Sacher. En het was iets wat de politie niet wist, wat Angela Stippel hem niet ging vertellen en wat Amsterdam vooralsnog geheim hield.

Hij bestelde een glaasje rode wijn.

'Wilt u de wijnkaart zien?'

'Och nee, ik heb er geen verstand van. Doe maar een Duitse Moezelwijn.' De jongen die hem bediende schoot in de lach. 'Zeg ik iets vreemds?'

'Nee, maar er was vorige week een meneer uit Duitsland die hier Moezelwijn bestelde en toen zei ik dat de kok die niet in het assortiment had opgenomen. Toen zei die man: "Dan weet de kok niet wat hij mist." Dat zei ik in de keuken en toen heeft de chef een praatje met die vent gemaakt. En die man kon zo prachtig vertellen over Duitse Moezelwijn, dat de chef deze week heeft besloten om hem erbij te voegen.' Cas keek de jongen met grote ogen aan. Hij beschreef – voor de zoveelste keer – Gustav Sacher met diens jas, diens hoed, diens baard en de jongen knikte. 'Dat was hem. Hij heeft nog tot heel laat op dit terras met de chef zitten praten.'

'Was hij alleen?'

'Nee, hij had een jongedame bij zich. Ik denk zijn dochter.'

'Blond?'

'Nee, ze had ravenzwart haar. Tot hier.' Hij wees ongeveer op zijn middel. 'En ogen, net zwarte kralen.'
'Ik wil graag de chef even spreken. Kan dat?'
'Maar...'
'Ik werk voor de Amsterdamse politie en ik ben nu juist op zoek naar die meneer. Of liever naar die dame. De chef heeft toch lang met ze gesproken?'

Het was druk in de keuken. Er moesten verschillende fornuizen en ovens tegelijk bediend worden door een veel te kleine staf. De chef had geen tijd en vroeg of het een bezwaar was als Cas later die avond nog even terugkwam. Geen enkel bezwaar, vond Cas. Hij kon alleen nauwelijks wachten. Hij ging zitten op het terras en nam zijn glaasje wijn. Daarna ging hij toch maar weer over op fris. Hij hoorde gesprekken naast hem over politiek, over liefde, over de toekomst en het verleden, over reizen naar verre landen, over literatuur en poëzie, over de geschiedenis van Amsterdam en die van De Waag in het bijzonder. Er was een man die alles wist en dat ook graag vertelde.
'Het is maar heel kort een Waag geweest. Dit gebouw heette oorspronkelijk de Sint Anthoniepoort. Het was de grens van de stad. Ja, hier hield Amsterdam gewoon op. Dat was rond 1500, toen hadden ze nog een muur om de stad heen.' Onbeschaamd luisterde Cas Wulffers naar de verteller. Hij had toch niets te doen en de man in kwestie had een aangenaam stemgeluid en praatte graag over Mokum. 'Waar nu het Damrak is, daar was de haven. Het Centraal Station is eigenlijk als een soort kurk op de haven gezet. Toen konden de boten de Dam niet meer bereiken. Moet je voorstellen... vroeger lagen de zeilschepen gewoon voor anker tegen de Dam aan. En op het Damrak was het de hele dag lossen en laden.'
'Maar dit heet de Nieuwmarkt, dus dit is vrij nieuw.'
'Wat nieuw is voor de middeleeuwers, is dat niet voor ons. Het werd op de Dam gewoon te druk en je had natuurlijk ook de kooplui uit Muiden en 't Gooi. Die kwamen hier

de stad binnen en moesten hun waar kwijt. In plaats dat ze helemaal tot aan de Dam gingen, probeerden ze hun negotie te doen op de markt hier... en dat werd de Nieuwmarkt. Omdat de Dam de oude Markt was, begrijp je.'

Cas knikte, want hij begreep het. Hij draaide zijn stoel een beetje naar de man toe.

'En waarom heet dat dan de Jodenbreestraat?'

'Omdat hier veel Joden woonden.'

'Een soort getto?'

'Nee, het waren prachtige huizen hier. Rijke Joodse handelslieden. Rembrandt woonde verderop tussen dat soort lui. Ze hadden hun eigen synagoge dichtbij. Die staat er nog steeds. Alleen in de oorlog was deze plek het "Judenviertel", met een hekwerk eromheen. Toen hebben die moffen het hart uit de stad gesneden door de complete bevolking hier weg te voeren.'

De kok schoof een stoel bij.

'De naam is François Lehman. Wat kan ik voor u doen?'

'Wulffers. Ik werk bij de Amsterdamse politie. En ik doe momenteel onderzoek naar een Duitse man, rond de zestig jaar oud, gedistingeerd. Hij luistert naar de naam Gustav Sacher.'

'Ja, die heb ik ontmoet. Een hele fijne vent. Heeft hier vorige week gegeten. Met zijn dochter, tenminste ik denk dat het zijn dochter was. Ik weet nog dat ik zei: "Sacher, bent u familie van de hotelbaas Sacher?" Dat was hij niet. Maar hij hield wel van Sachertorte. Ik zeg: die ga ik voor je maken als je hier weer komt eten.'

'Had u hem hier eerder gezien?'

'Nee. Nee, het was de eerste keer. Maar hij sprak heel goed Nederlands. Ja, je hoort altijd die tongval, maar taalkundig was het perfect.'

'U heeft over Moezelwijn met hem gesproken?'

'Ja. Hij had zich er erg in verdiept. Ik moet u zeggen: ik kijk altijd een beetje op die Duitse wijnen neer. Een goede wijn moet warme grond hebben; wij schenken hier

Franse wijnen en ik heb wat Californische en Zuid-Afrikaanse variaties. Maar zoals hij erover sprak... Ik ben deze week meteen wat gaan proeven en kopen. Je moet erg opletten. Ik bedoel: er zijn tientallen soorten Riesling en daar zit gewoon slootwater tussen. Maar dan hebben sommige plotseling een druivensoort die je niet kent... de Müller-Thurgau bijvoorbeeld, of de Silvaner, en de Kerner die dan weer uit de Riesling met de Trollinger is voortgekomen. Het zijn de Romeinen geweest die de druivenpluk naar de Moezel hebben gebracht, wist u dat?'

Het interesseerde Cas Wulffers helemaal niets. Al die wijn kon hem gestolen worden. Hij wilde meer weten over Gustav Sacher en het meisje dat hij bij zich had. Wat was hun relatie? Zagen ze elkaar elke donderdag? Hoe noemden ze elkaar? Maar het masker waarachter Sacher zich verscholen hield was haast ondoordringbaar. Ondanks dat de drie, de chef, de advocaat en het meisje, enkele uren met elkaar hadden doorgebracht en de atmosfeer van hun gesprek aangenaam en joviaal was geweest, had Sacher hoegenaamd niets losgelaten over zichzelf. Alleen een naam, en het feit dat hij Duitser was en alles van Moezelwijnen wist. Daarmee moest Cas het doen.

'Hij moet haar toch bij haar naam hebben genoemd?'

'Nee. Hij zei: "Mädchen", dat is meisje in het Duits.'

'Was zij Nederlands?'

'Dat kan ik niet met stelligheid zeggen, maar in ieder geval sprak ze accentloos. Het was een schoonheid, dat weet ik wel. Ze had van die ogen die glommen. En een spits bekkie, alsof het een muisje was. Als ze lachte, trokken er kuiltjes in haar wangen. Als ik filmregisseur was, zou ik haar inhuren... dan waren de kaartjes niet aan te slepen. Kon ik tekenen, dan kreeg je nu haar portret, want ze staat werkelijk op mij netvlies gebrand.'

Cas vroeg zich af of er niet een tekenaar kon komen, zo'n man van de Technische Recherche die aan de hand van een beschrijving een levendig portret maakt van verdachten en getuigen. Maar daarvoor moest hij contact opnemen met Peter Hermans en dat was uit den boze op dit moment.

'Ze had een blik in haar ogen. Die vergeet ik niet meer,' zei de kok. 'Iemand die intens gelukkig is. Bijna verliefd, hoewel ze niet handtastelijk waren. Maar van die ogen die zeggen: dit moment moet nooit meer voorbijgaan.'

Cas knikte en sloeg het op. Hij kon zich zo'n blik wel voorstellen. Maar voorlopig was die blik alleen maar meer raadsel in een zaak die vol raadsels zat.

Verderop vertelde de alleswetende man nog wat over de grachten van de stad en over de geschiedenis van de VOC, maar Cas had er geen aandacht meer voor. Hij bedankte de kok, rekende de wijn en het fris af en nam zijn fiets om weer naar huis te gaan.

Toen hij de sleutel in het slot stak, hoorde hij de telefoon binnen overgaan. Hij haastte zich, want hij had er een hekel aan niet bereikbaar te zijn. Als hulpverlener – zo vond Cas – moest je altijd klaarstaan om je medemens bij te staan in welke treurige omstandigheid dan ook.

'Wulffers,' zei hij, enigszins buiten adem.

'Ik waarschuw je maar één keer, dominee,' zei een dreigende, donkere stem. 'Haal je neus uit deze zaak of ze vinden hem – en al je andere lichaamsdelen – op de bodem van 't IJ. Heb je dat goed begrepen?'

'Wie bent u?' vroeg Cas.

'Nee, meneer Wulffers. Ik stel hier de vragen. Of u goed begrepen hebt wat ik u zojuist heb medegedeeld?'

'De essentie is tot mij doorgedrongen, maar ik geloof niet dat ik mij iets van u dreigementen ga aantrekken,' zei Wulffers nauwelijks aangedaan.

'Dan moet je het zelf maar weten. Ga je begrafenis maar vast voorbereiden, want dat duurt niet lang meer.' Toen hoorde Cas een klik en vervolgens een in-gesprek-toon. Hij hield de hoorn nog even in zijn hand. Misschien zou recherche kunnen achterhalen wie hem zojuist had gebeld, maar hij voelde er nog steeds weinig voor om Peter Hermans weer onder ogen te komen. Die zou trouwens een simpele oplossing hebben voor het probleem waar hij nu voor stond: gewoon doen wat de rechercheur hem zelf ook al had opgedragen, namelijk zich niet bemoeien met de zaak Sacher. Geen denken aan, dacht Cas. Hij was dichtbij gekomen, via een simpele wandeling vanaf het Centraal Station naar Hotel Victoria tot aan De Waag. Iemand had hem in de gaten gehouden, gevolgd misschien wel en uiteindelijk zijn nummer achterhaald. Hij kon zich niet voorstellen dat de beller in opdracht van Thomas en/of Angela Stippel handelde, maar geheel uitsluiten kon hij het niet. De zaak jeukte. 'Als je jeuk hebt, moet je krabben,' zei z'n vader altijd, maar Cas wist eigenlijk niet goed waar hij precies zijn nagels in zou moeten zetten. Hij pakte de telefoon en belde Andreas de Graaff. Er moest iets gebeuren, hij moest íets doen... 'stilzitten' en 'afwachten' pasten nu niet in zijn woordenboek... alleen door actie te ondernemen kon hij schot in de zaak brengen.

'Jij bent geschorst,' zei Andreas.

'Ja, tijdelijk,' zei Cas.

'Hoe tijdelijk?'

'Nou, ik sta op een laag pitje.'

'Nee, Cas. Jij bent niet alleen van de zaak Sacher afgehaald, je moet thuis blijven en je nergens mee bemoeien, anders krijg je alleen maar meer gedonder. Dus als de chefs dat zeggen, kun je je daar maar beter aan houden.'

'Dat ik geschorst ben, wil toch niet zeggen dat ik niet een borrel mag drinken met een goede collega? Ik bedoel, we hoeven het niet over het werk te hebben. We kunnen gewoon over koetjes en kalfjes praten als jij dat wilt.'

'Ik vertrouw je niet,' zei Andreas en daar had hij vanzelfsprekend gelijk in.

'Je beledigt me,' zei Cas en hij vroeg hem naar De Groene Olifant te komen, een cafeetje tegenover de Muiderpoort.

Eerst weigerde Andreas, maar Cas bood aan om te betalen en beloofde nogmaals dat de onderwerpen van gesprek louter van amuserende aard zouden zijn: voetballen, televisie, politiek, fijne gezamenlijke herinneringen. 'En heb jij de bitterballen van De Groene Olifant wel eens geproefd? Er zijn in de stad geen betere dan die van Kok Herman. Hij draait ze zelf. Daar zit meer vlees in dan in een koe zelf!' Uiteindelijk sneuvelde Andreas voor de verbale charmes van Cas en zegde toe binnen een kwartier ter plekke te zijn.

Wulffers liet een half uurtje gekabbel en gebabbel voorbijgaan en gebruikte toen het woord 'apropos'. Dat is een prachtig begrip in de Nederlandse taal. Het houdt zoveel in als 'wat ik zeggen wilde', maar in zijn werkelijke definitie zegt het dat de gebruiker terug wil naar het oorspronkelijke onderwerp van gesprek. De Graaff was meteen op zijn hoede.

'Apropos...'

'Nee, we gaan het niet hebben over Sacher. Dat heb ik je uitdrukkelijk gezegd!'

'Ik heb het woord "Sacher" niet in de mond genomen!' speelde Wulffers de vermoorde onschuld. 'Ik zou niet durven! Luister, ik ben geschorst en daar houd ik mij aan. Met die zaak wil ik niets maar dan ook niets te maken hebben, maar...'

'Het woordje "maar" bevalt me niet. Jij draait het zo dat ik er uiteindelijk toch weer intrap. En voor ik het weet, hebben we alle poppen aan het dansen. Chef Pengel heeft uitdrukkelijk gezegd...'

'Ik wéét wat Pengel zegt!' zei Cas bijna vermoeid. 'De zaak "Sacher" beschouw ik als gesloten. Ik wil er eigenlijk ook niets mee te maken hebben. Maar wat ik nu wel eens zou willen – zeg maar in de tijd dat ik toch niets mag doen... zou het niet mogelijk zijn om eens met een échte crimineel te praten?' De mond van Andreas de Graaff viel open. Al menige zaak had de politiepastor tot een goed einde gebracht. Het moest gezegd worden: hij legde een opmerkelijke speurdersintuïtie aan de dag. Ze hadden al een paar notoire boeven in de kraag gevat. Cas had al de nodige porties criminaliteit moeten verwerken, wat moest hij met nóg een boef? 'Ik zou graag iemand willen spreken die te maken heeft met dat zogenaamde criminele circuit waarin liquidaties plaatsvinden. Je zult toch wel iemand kennen die daarbij betrokken is? Iemand die daar wellicht niet meer zo actief in is, maar die er wel de kneepjes van weet. Een zware jongen uit de onderwereld.'

'Luister, vriend, zware jongens zitten achter tralies óf we kunnen ze niet pakken. En als we al namen weten, dan zijn ze niet van plan om met politiemannen te praten. Dus ik weet niet wat voor plannetje jij in je hoofd hebt...'

'Ik wil die wereld leren kennen,' zei Cas.

'Blijf uit de beerput, man. Je weet dat het er stinkt, dan hoef je er niet in af te dalen.'

'Misschien daal ik wel in de beerput neer, omdát het er stinkt,' zei Cas opmerkelijk vastbesloten.

'Waarom? Waarom in vredesnaam?!'

Cas keek zijn vriend aan.

'Ik moet gewoon weten,' zei Cas en er kwamen tranen in zijn ogen. 'Weet je. Die getuige, die schoonmaker... Jochem 't Hooft... die heeft iets gezien wat hij onmiddellijk heeft verdrongen. En ik denk dat het goed is, als hij de waarheid leert kennen.'

'Dus toch die zaak!'

'Nee, je begrijpt het niet. Andreas, ik sprak die man en ik hoorde de paniek in zijn stem. Er zit in zijn geest een trauma waar hij ooit doorheen moet, en ik denk dat het... dat het een daad van God is om juist hem te confronteren met dat beeld... dát voel ik zo. Het gesprek met Jochem 't Hooft herhaalt zich keer op keer in mijn geest, en ik denk dat ik voor hem de waarheid moet vinden.'

'Ik kan je één ding vertellen, dominee. Die waarheid vind je niet als je zelf liegt.'

Cas knikte schuldbewust. Hij liep op het randje van de waarheid, dat wist hij. Het politiewerk bracht hem soms dicht bij de leugen en af en toe zelfs over de grens daarvan. Hij schudde zijn hoofd.

'Andreas, ik ben vastbesloten om te achterhalen wat er in die wagon is gebeurd. Ik doe dat niet voor mezelf, niet omdat ik denk dat ik een betere speurder ben dan de Amsterdamse recherche, maar omdat ik een mens moet helpen zijn leed onder ogen te komen. Dat kan ik, omdat ik daarop ben voorbereid. Dit is voor een deel een zaak die slechts een politiepastor kan doen... en of het nou Chef Pengel is, of Advocatenkantoor Stippel, of wie dan ook... die taak is mij opgelegd door een Hogere Macht – veel hoger dan welke mens ook – en die taak zal ik uitvoeren.'

Het was precies die bevlogenheid die Andreas zo bewonderde bij Cas Wulffers. Misschien was dáár zelfs wel hun vriendschap op gebaseerd.

'Ik ken iemand,' zei Andreas. 'Ik heb eens een zaak gehad rond een dood meisje. Een meisje uit het leven, zal ik maar zeggen. Die was door een klant zo toegetakeld... verschrikkelijk. Toen kwam er een vent hier uit de buurt bij mij de afdeling op en zei: "D'r ouders hoeven haar toch niet zo te zien?" Hij had er veel geld voor over als ik haar "een beetje zou bijwerken". Meestal doe ik dat soort dingen niet, maar in dit geval... Haar ouders wisten niets van haar leven hier. Dat geld heb ik niet aangepakt, maar ik heb haar mooi gemaakt... je zag er niets meer van. Hij zei toen: "Als je ooit met iets zit." De patholoog zuchtte diep. 'Ik heb nog nooit van zijn diensten gebruikgemaakt, maar ik denk dat hij je wel wil helpen, als je tenminste bereid bent tijdelijk in de onderwereld af te dalen.'

4

Hij kon de slaap niet vatten en daarom zapte hij langs de vele zenders die het Amsterdamse kabelnet rijk is. Cas Wulffers hield niet van televisie; hij kon er ook nooit over meepraten. Als ze 't op het werk in de kantine hadden over 'iets wat er gisteravond óp was', moest hij er vaak het zwijgen toe doen. Er stond een oude beeldbuis in de hoek van de kamer, met vertrokken kleuren en vervormde gezichten vanwege de ouderdom van het beestje, en het was elke keer weer een mirakel als het ding het deed. Deze nacht, op een Britse zender, was een Franse film te zien met de komiek Fernandel in de hoofdrol. Uit de krant die hij uit de oudpapierbak in de keuken haalde, kwam hij te weten dat het 'Le petit monde de Don Camillo' was. Een vriendelijke dorpse komedie over de niet-aflatende strijd tussen een communistische burgemeester en een eigenwijze pastoor die beiden geen middel schuwden om elkaar de loef af te steken.

Het was zomaar een scène uit een oude film, midden in de nacht, en voor hetzelfde geld had hij hem gemist. Het was niet specifiek voor hem bedoeld. Toch leek het net alsof er een bedoeling was met juist die paar woorden die de film tot hem sprak. Don Camillo neemt het met de regels van zijn geloof niet zo nauw. Hij is meer bezig met zijn kleine privéoorlog tegen de burgemeester dan dat hij handelt vanuit zijn geloof. Hij is ambitieus en gedraagt zich zoals Jona toen die neerkeek op Nineve en zich leek te verheugen over de ondergang van de stad. Dan komt Don Camillo in zijn kerk en kijkt naar het Kruisbeeld dat tegen hem lijkt te spreken. Hem bestraffend toespreekt over zijn gedrag. Over de leugens die hij gebruikt om Peppone te ringeloren. Dat een gelovig mens de regels moet volgen die hem gegeven zijn.

Opnieuw voelde Cas hoe zijn wangen nat werden. In de paar jaar dat hij nu werkte voor de Amsterdamse politie, had hij nooit getwijfeld aan zijn geloof maar wel of hij de juiste dienaar was tussen de andere dienders. Hij volgde vaak zijn hart dat onstuimig en onrustig was. Hij kende in de Bijbel veel verhalen van mensen zoals hij. Mozes die sloeg op de rots om er water uit te laten komen. Petrus en zijn drift waarin hij volhoudt dat hij Jezus niet zal verraden en dat prompt de volgende dag drie keer doet, voordat de haan gekraaid heeft. Niets menselijks was hem vreemd, zelfs de leugen niet.

De film ging verder en er waren hilarische scènes waarin Fernandel voortdurend met zijn prachtige uitgestreken kop vol tanden van de regen in de drop belandt. Boontje komt om zijn loontje. En tóch lijkt de Gekruisigde zijn dienaar lief te hebben, want na alle verdiende straf doet hij toch het enige goede en zorgt voor een verbroedering tussen de strijdende partijen in het dorpje, ergens op de Povlakte. Cas Wulffers, de man die door de Amsterdamse politie was ingehuurd om troost te brengen bij dienders en slachtoffers, werd zelf getroost in het nachtelijk uur door beelden uit het verleden op een krakkemikkig televisieapparaat.

De volgende ochtend werd hij wakker in zijn fauteuil; kleren nog aan en televisie op ruis. De zon scheen door het raam alsof die hem wilde wekken. De nieuwe dag gaf een nieuwe kans om goed te doen waar hij gisteren wellicht wat over de schreef was gegaan. Hij nam zich voor vandaag een dienaar van de waarheid te zijn.

Al tijdens het ontbijt kreeg hij een telefoontje van Andreas de Graaff die hem een adres op de Oudezijds Achterburgwal gaf. 'Luister, Cas. Ik zal je zeggen wat je daar aantreft. Het is een Club. Je ziet er met grote neonletters aan de buitenkant Casa Vermelha. Er treden schaars geklede meisjes op die dingen doen waarvan jij en ik vinden dat ze niet op een podium thuishoren. Het pand en het bedrijf zijn eigendom van Harrie Spijkers. Ik heb hem gebeld, verteld dat je een rare kwibus bent waar we niet van weten wat we ermee moeten... je beschreven als een soort mannelijke variant van Majoor Bosshardt en daar was hij wel gevoelig voor. Het Leger des Heils heeft goed werk gedaan op de Wallen, voor de meiden die daar zitten. Je wilt afdalen in de onderwereld... dan kun je het krijgen ook. Ik kan het alleen niet mooier maken dan het is.'

Cas had er nu een paar jaar opzitten bij Bureau Warmoesstraat en hij had er in die tijd zijn ogen niet voor gesloten. Dit was Amsterdam en zeker niet een van de chique buitenwijken van de stad. Rondom het Oude Kerksplein stikte het van de bordelen. De 'meiden' zaten voor de ramen en welk beroep ze uitoefenden werd duidelijk door de rode verlichting in hun etalages. Je wist niet hoe ze hier kwamen. Af en toe hield het korps in deze straten een 'opruimactie' en dan had de politie plotseling een gebouw vol meisjes uit Oostbloklanden die illegaal naar Nederland waren afgevoerd en onder dwang en voor schaarse beloning hun diensten verleenden aan schimmig manvolk. Er waren ook vrouwen bij die uit vrije wil dit vak hadden gekozen, maar het meest trieste deel waren de wanhopige meiden die het slachtoffer waren geworden van mensenhandel en het liefste weer naar huis terug wilden, omdat ze de dagelijkse vernederingen meer dan zat waren.

Natuurlijk had Cas hier al vaker rond moeten lopen. Het hoorde bij het district en je kon als je werkte voor Bureau Warmoesstraat moeilijk je ogen sluiten voor wat er aan de onderkant van de samenleving plaatsvond. Het beviel hem niet, maar hij was niet bij machte om er iets aan te veranderen.

Het huis waar hij moest zijn glom hem tegemoet als een brandende hel op aarde. Overal waar hij keek, zag hij – zelfs in de vroege ochtenduur met een stralende zon aan de hemel – rode en paarse tl-verlichting. Er waren uitgezaagde en geschilderde dames van waterdicht meubelplaat die lonkende blikken over de gracht wierpen. Je kon nergens naar binnen kijken want de ramen waren bedekt door rode pluche gordijnen. Bij de ingang stond een man van een jaar of dertig, met een iets te dikke bierbuik en te veel pommade in het haar. Hij was de stoepier – door Amsterdammers ook wel de 'aansmoezenier' genoemd – en moest nu al toeristische klandizie naar binnen lokken. Hij beloofde vlees en daad en trok aan jasjes om mensen naar de foto's te laten kijken in de vitrines waar je ongeveer kon zien wat je binnen mocht verwachten. Cas vroeg hem naar Harrie Spijkers.

'Harrie is binnen.' Daarop wilde Cas de deur ingaan. 'Ja, mooi niet. Eerst kaartje kopen.'

'Nee,' zei Cas. 'Ik koop geen kaartje voor deze smerigheid. Ik wil Harrie spreken en het liefst niet hier. Ik zie daar een café en...'

'Luister linkmiechel, je ken kiezen of delen. Of je gaat met je geinponum nou naar binnen, of ik wil je in een omtrek van zes kilometer niet meer zien. Heb je dat begrepen?'

Als Amsterdam een tempel was, dan zou hij deze handelaar er toch uit mogen slaan? Was dat niet overeenkomstig het handelen van zijn Heer? Maar Cas deed het niet.

'Ik ben politiepastor. Dominee, zo je wilt. En zowel het kwaad van woorden als het boos van handtastelijkheden staat mij niet aan. Ik moet Harrie spreken. En liefst zo snel mogelijk.'

De deurknecht stond even met zijn mond vol tanden. Er was weinig waar dit soort mannetjes ontzag voor had, maar die paar dingen hadden woorden die zojuist allemaal waren gevallen. Dominee, politie.

'O, sorry hoor. Ja, dat zie je toch niet aan de buitenkant. Harrie is effe bezig met de... boekhouding. Ik stuur hem wel. En zeg tegen Neel dat je van mij komt, van Manke Gerard, dan is de koffie voor niks.'

Cas knikte. De nacht had hem goed gedaan, maar hij wist niet of hij de zuiverheid van geest lang zou kunnen volhouden in dit deel van Amsterdam.

Hij hoefde in café De Twee Handjes niet te betalen voor de koffie, ook al had hij helemaal niet de behoefte om te zeggen dat hij van Manke Gerard kwam. Het mobiele telefoonverkeer had zijn komst al aangekondigd. Blonde Neel achter de tap had d'r haar nog even opgestoken voordat hij binnenkwam en een keurig jasje omgeslagen.

'Het is hier een nette zaak,' verzekerde ze hem toen ze een kopje voor hem neerzette. 'Ik sta hier nu al tweeëndertig jaar achter de tap, maar d'r is nog nooit iets voorgevallen.' Ze schonk sterk bruin vocht in het kopje, legde er keurig een koekje, twee suikerklontjes en een lepeltje naast, plus een kuipje melk. 'Als d'r één dronken is, bel ik altijd een taxi want ik laat ze niet achter het stuur kruipen. Ze kunnen wel een kind aanrijden, en dan voel je je je hele leven schuldig. M'n moeder is trouwens lid van de kerk.' Cas knikte. 'Ikzelf niet, maar ik geloof d'r wel aan. Maar ik kom er niet toe om d'r heen te gaan. Dat komt ook, je hebt hier geen goeie kerken.' Dat was niet waar. Er waren genoeg kerken in de buurt. De godsdienststrijd van de Gouden Eeuw had er voor gezorgd dat je op elke vijfhonderd meter wel een Godshuis kon vinden.

'Hoe weet u dat het geen goeie kerken zijn?' vroeg Cas.

'Nou, neem de Zuiderkerk. Daar zit de Amsterdamse woningbouw in. Daar heb je uitstallingen van wat er zoal aan nieuwbouw is in de stad. Kun je kiezen of je je wil inschrijven voor een nieuwe woning. In de Singelkerk heb je concerten, verder niks. De Posthoorn op de Haarlemmerdijk is van allerlei reclamebureau's, die hebben daar hun kantoren in gevestigd. In de Nieuwe Kerk kun je wel naar orgelconcerten luisteren, maar voor de rest is het een tentoonstellingsgebouw. En er zit nu een theatergroep in de Oude Kerk. Nou ja, iedereen z'n plek... maar het zijn eigenlijk allemaal geen kerken meer.'

Cas knikte. De vrouw had gelijk. De leegloop van de jaren zestig en zeventig had ervoor gezorgd dat de kerkgebouwen stuk voor stuk een nieuwe bestemming hadden gekregen. Er waren wel plekken waar je terecht kon, zoals de Westerkerk, maar daar wilde de vrouw niet zitten. 'Dat is van de yuppen. Die komen daar allemaal praten met een aardappel in de keel. Dat is niet voor gewone mensen zoals wij.' Cas beloofde voor haar na te gaan of er niet een plek was waar ze zich thuis zou voelen en daar was ze – blijkbaar – oprecht verguld mee. 'Nog niet eens voor m'n eigen,' zei ze, 'maar ik zou het voor mijn moeder zo fijn vinden.'

De deur ging open en er klonk een belletje om de waardin te waarschuwen dat er een nieuwe klant was. Harrie Spijkers keek haar even aan en ze knikte in de richting van Cas ten teken dat dit de man was met wie hij een afspraak had.

'U bent... die politiepastor,' zei Harrie. Cas hoorde het onvervalst Amsterdamse in zijn stem. Hij droeg een witte en smetteloze coltrui, een snor die breder was dan zijn hele gezicht en een broek die hem iets te krap zat. Verder had hij veel juwelen, een gouden ketting over de trui en schakelarmbanden aan beide polsen. In zijn oor zat ook nog een belletje dat rinkelde als hij zijn hoofd schudde. Hij knikte en Blonde Neel schonk een spaatje voor hem in. 'Waar moet u mij voor hebben?'

'Er is een advocaat doodgeschoten in de trein. Hij schijnt nogal wat contacten met criminelen gehad te hebben.'

'Was hij advocaat voor,' zei Harrie nogal adrem.

'Ja,' knikte Cas. 'Mijn collega's zeggen dat de band die hij had intensiever was dan strikt noodzakelijk.'

De eigenaar van Casa Vermelha ging er eens goed voor zitten. Hij nam een barkruk, legde zijn behaarde arm op de bar en dacht even na. Hij keek de kroeg rond alsof de vele vergeelde schilderijen hem inspiratie zouden schenken voor wat hij nu te zeggen had. Hij keek naar een tafeltje in de hoek waar een oudere man intensief zijn borreltje aan het bestuderen was.

'Weet u wat ik niet begrijp?'

'Nee, dat weet ik niet.'

'Ik kan u natuurlijk antwoord geven, maar ik heb het gevoel dat het u daar niet om gaat. Ik bedoel: als ik u antwoord geef, dan kunt u daar alleen maar iets mee als u van de recherche zou zijn. Maar dat bent u niet... dus u moet mij maar eerst eens vertellen wat u écht wilt weten?'

'Nou,' aarzelde Cas. 'Het is niet de eerste liquidatie in de hoofdstad. Als ik het goed heb, dan zijn er de laatste jaren een stuk of vijfentwintig geweest, waarbij criminelen elkaar afmaakten.'

'En die zaken gaat u nu allemaal oplossen of zo?'

'Nee,' zei Cas. 'Maar kunt u mij uitleggen waarom... waarom mensen dat doen?'

Blonde Neel maakte met een theedoek de glazen droog en keek ondertussen op, omdat ze luisterde naar het opmerkelijke gesprek tussen de twee. Harrie bekeek de pastor van top tot teen en leek zelfs even op zijn onderlip te bijten.

'Wilt u dat écht weten?'

'Ja,' zei Cas.

'Nou, een enkele keer wordt iemand daar beter van. Dus je hebt iemand die de drugsmarkt controleert en als je die omlegt, dan kun je die markt overnemen.'

'Maar dan ben je meteen je eigen leven niet zeker,' zei Cas. Blonde Neel knikte, Harrie ook.

'Jij bent niet zo dom als je d'ruit ziet,' zei de Amsterdammer. 'Het zijn de regels van het spel. Kijk, je moet de onderwereld zien als een markt, als een economie op zich. En wij – ja, ik zeg "wij" – wij kunnen natuurlijk niet naar de politie of naar de rechtbank stappen als iemand ons bedot. Dus houden we er zelf een soort ordedienst op na. Loop je niet in de pas, dan moet je boeten.' Cas fronste. 'Dat vindt u verwerpelijk, dat zie ik aan uw gezicht, maar u vroeg hoe het zit en dan kan ik alleen maar vertellen hoe het zit.'

'Daar frons ik niet om.'

'Waarom dan?'

'Ik heb een advocaat waarvan ik denk dat hij in de pas liep.'

'Hebt u daar bewijzen voor?'

'Dat denk ik.'

'Ja, maar misschien dachten z'n klanten daar anders over.'

Cas schudde het hoofd. Hij was ervan overtuigd dat Gustav Sacher contacten had die hij beter niet had kunnen hebben. Maar juist door het gesprek met Angela en Thomas Stippel, en ook door de blik die hij op het dode lichaam had kunnen werpen, had hij de indruk dat de advocaat 'in ruste' er een volkomen eigen 'normbesef' op na hield.

'Maar stel dat iemand het wel "goed" doet?'

'Hoe bedoelt u?'

'Ik heb iemand die zich weliswaar met criminelen inlaat, maar daarbij – hoe zeg ik het – de grenzen van het betamelijke niet overschrijdt... kan zo iemand dan toch worden neergeschoten?'

'Alles kan.'

'Dus al dat mooie gepraat over een "eigen rechtbank" en een "eigen politie" slaat dan op niets?'

'Wij hebben onze eigen normen en waarden!'

'U zegt nét: "alles kan". Dat heeft niets met normen en waarden te maken!'

'Hij zal wel iets geflikt hebben, die advocaat.'

'En zo niet?'

'Dat kan niet. Hij moet iets gedaan hebben.'

'En als dat niet zo is?'

'Luister, ze zijn allemaal niet te vertrouwen. Ze zijn allemaal altijd aan het jutten.'

'Jutten?'

'Jutten. Van strandjutten. D'r komt altijd wel iets aandrijven. D'r blijft altijd iets aan de strijkstok hangen.'

'Dus volgens jou is het onmogelijk dat Gustav Sacher onschuldig is.'

'Anders maken ze hem niet af.'

'Waarom niet?'

'Als dat zou gebeuren, wordt het een chaos! Dan heb je één grote pief-paf-poef in de stad. Kijk, je kunt veel van de georganiseerde misdaad zeggen, maar het is wél georganiseerd. D'r zit structuur in. Dat vinden jullie niet zo lekker, maar we moeten wel. Anders kun je je eigen kinderen niet meer veilig naar school laten gaan. D'r zijn nu eenmaal regels.'

Cas kneep de ogen half dicht, alsof hij het daardoor beter kon zien.

'Regels,' zei hij uiteindelijk.

'Ik heb er trouwens niks meer mee te maken,' zuchtte Harrie. 'Niet dat mijn bedrijf nu binnen jouw kringen de schoonheidsprijs zal verdienen, maar de meiden die bij mij werken betaal ik goed, en ze zitten er vrijwillig. Met vrouwenhandel wil ik niks te maken hebben, met drugs ook niet. Ik blijf daar buiten.'

'Maar je hebt er wel in gezeten?'

'Meneer,' zei de Amsterdammer met de grote snor, 'ik kom hier niet bedelen om uw zegen over mijn leven. Ik probeer mezelf in de spiegel te kijken, 's ochtends, en dat kan. Dat kan ik. Ik vind dat ik een eerzaam beroep heb. En dat ik het in ieder geval zo eerzaam mogelijk probeer te doen.'

'Ik zit hier niet om u te veroordelen,' zei Cas. 'Volgens mij heb ik daar helemaal niet het recht toe. Ik heb mijn mening over uw bedrijf, maar ik geloof niet dat ik mij boven u mag plaatsen. Ik probeer mij alleen een beeld te vormen van de wereld waarin zich een moord heeft voorgedaan die volgens mij helemaal niet had mogen plaatsvinden.'

'Hoezo dat dan?'

'Ik denk niet dat Gustav Sacher iets verkeerds heeft gedaan.'

'Dan had hij nog geleefd.' Cas knikte. Het klonk logisch. Hij wilde zijn koffie afrekenen, maar daar wilde Blonde Neel niets van weten. 'U bent nogal vastbesloten om deze zaak op te lossen, meneer Wulffers.'

'Ik ben door mijn superieuren geschorst,' zei Cas. 'Omdat ik me er te veel mee bemoeide. En intussen ben ik door de telefoon bedreigd als ik mijn neus nog in deze zaak steek. Dat ik dan op de bodem van het IJ terechtkom. Allemaal alleen maar meer reden om me op deze affaire te storten,' zei Cas met dubbele energie.

'Bent u bedreigd?'

'Ja,' zei Cas. 'Dat is uw wereld.'

'Nou,' zei Harrie en met nogal wat stelligheid. 'Er is geen boef zo stom om een politie-agent te bedreigen over de telefoon.'

'Waarom niet?'

'Dat kunnen jullie toch zó herleiden! Eén telefoontje eroverheen en je weet waar dat belletje vandaan kwam. Als het iemand uit míjn wereld is, dan heeft hij wel een bedroevend laag IQ. Wat doe die vent daar nou?' Harrie keek langs de volgerookte vitrages naar buiten en wees naar een gestalte in een lange jas aan de overkant van de gracht.

'Dat is Jochem,' zei Cas.

'Lijkt me een gevaarlijk type.'

Cas wilde zeggen: 'Hij doet geen vlieg kwaad.' Maar helemaal overtuigd was hij er niet van. Waar hij ging, waar hij stond... Jochem leek hem te volgen en te bekijken. En al die tijd was de labiele schoonmaker aan het wachten. Op wat? Op zijn arrestatie? Op de waarheid?

Cas ging de oude wereld uit en vluchtte de nieuwe in. Hij voelde dat Jochem hem in de gaten hield, maar bij het Rembrandtplein was hij hem uiteindelijk kwijt. Hij voelde zich niet bedreigd door de psychiatrische patiënt, hoewel hij ook niet wist waarop dat vertrouwen gebaseerd was. Zelfs al was Jochem op een of andere manier betrokken bij de moord op Gustav Sacher, dan nog vroeg hij zich af of dat bedreigend was voor hem. Cas realiseerde zich dat angst nauwelijks een rol speelde in zijn leven. Hij was gedreven om te doen wat hij deed en kon zich van die lijn niet laten afleiden door onhandige en lastige emoties. Hij kwam uiteindelijk terecht in het keurige Café l'Europa met een schrijfboekje voor zich. Hij probeerde zich niet te laten afleiden door het verschijnen en verdwijnen van Jochem 't Hooft op gepaste en ongepaste momenten. Het was voor Cas zaak om zich te concentreren op Gustav Sacher. Dat moest hij sec bekijken. Er kwamen intussen wat lijnen bij elkaar, zoals ze ook weer uit elkaar gingen en hij verloor het overzicht daarbinnen. Misschien werd het helderder als hij zijn gedachten formuleerde op papier.

'Het is als met de Kretenzische Leugen,' zei hij tegen het meisje dat hem serveerde. 'Ken je die?'

'Nee,' zei ze, maar ze had eigenlijk geen tijd om het uitgelegd te krijgen.

'De Kretenzische Leugen maakt onderdeel uit van de Wetten van de Logica. De eerste waarheid is "Alle Kretenzers zijn leugenaars". De tweede waarheid is "Ik ben een Kretenzer." Dus...'

'Dus bent u een leugenaar.'

'Dus lieg ik als ik zeg "alle Kretenzers zijn leugenaars". Dat betekent dat "alle Kretenzers de waarheid spreken."'

'Maar dan bent u geen Kretenzer,' zei het meisje en ze ging er eens bij zitten.

'Nee, dat ben ik wel.'

'Dat kan niet, want dan bent u een leugenaar. Dan had u moeten zeggen: "Ik ben geen Kretenzer." Maar dat zegt u niet, want u bent wél een Kretenzer... Dit is om gek van te worden, meneer.'

'Het is een slang die in zijn eigen staart bijt,' glimlachte Cas. Het meisje piekerde nog even door. Ze haalde er zelfs een collega bij, om zo te discussiëren over wie er nu eigenlijk Kretenzers waren en of die eigenlijk allemaal de waarheid spraken dan wel logen, en wát ze dan zoal logen, bijvoorbeeld of ze wel of niet Kretenzers waren en de waarheid spraken. Het werd steeds drukker bij het tafeltje van Cas. Ook klanten bemoeiden zich ermee.

'Hij ziet er helemaal niet uit als een Kretenzer,' zei iemand die het niet helemaal begrepen had.

'Het is filosofie, en daarom klopt het niet,' wist een ander uit te leggen. Ondertussen schreef Cas op: 'De criminele wereld vermoordt alleen foute advocaten.' En daarna 'Gustav Sacher was géén foute advocaat.' Met als conclusie: 'Gustav Sacher werd niet vermoord.' En dat laatste was niet waar, net zo onwaar als een zaak vol Kretenzers die allemaal niet aan het liegen waren en ook niet van Kreta afkomstig waren. Cas liet ze maar discussiëren... het leek alsof zijn hersens langzaam maar zeker de oplossing in de kleine chaos op papier aan het ontdekken waren. Het hield zijn hand tegen zijn voorhoofd, alsof hij een plotseling opkomende hoofdpijn moest onderdrukken en sloeg toen op de tafel... hij zág het. Het was meteen stil.

'Sommige Kretenzers zijn leugenaars en andere niet,' zei het meisje.

'Nee,' zei Cas. 'Gustav Sacher is niet vermoord door de criminele wereld.'

'Pardon?'

Er zat niets anders op dan terug te gaan naar Bureau Warmoesstraat. Hij vond het een martelgang en hij liep met zijn fiets aan de hand over de Munt, door de Kalverstraat via de Dam naar de Warmoesstraat. Hoe dichter hij bij het bureau kwam, des te trager werd zijn pas. Hij wist niet wat hij moest zeggen en hij wist vooral niet hoe hij Peter Hermans moest bewegen hem weer in genade aan te nemen. Hij had bedacht dat Chef Pengel de rechercheur zou volgen als er enige vorm van clementie was.

Hij kwam uiteindelijk aan, schraapte zijn keel, haalde manmoedig adem en stapte binnen.

'Jij! Wegwezen!' was het eerste wat hem toegebeten werd.

'Ik ben bedreigd,' zei Cas. Hij had geen betere openingszin kunnen bedenken.

'Door wie?'

'Door iemand die zegt dat ik mij niet met deze zaak moet bemoeien.'

'Doe jij dat dan?'

Hij wilde eerst ontkennen. Zeggen: 'Nee, je hebt toch gezegd dat ik thuis moest blijven', maar hij bekende schuld. Hij vertelde hoe hij naar Hotel Victoria was gegaan en hoe hij café na restaurant had bezocht om de wekelijkse gangen van Gustav Sacher na te gaan. Hoe hij ontdekt had dat de man vorige week nog met een meisje – zijn jonge vriendin? zijn dochter? in ieder geval werd ze 'mädchen' genoemd – had gegeten bij De Waag. En dat hij thuis een telefoontje had gekregen, waarin iemand hem zei dat hij uiteindelijk op de bodem van 't IJ terecht zou komen.

Ten slotte liet hij Peter Hermans zijn oplossing van de Kretenzische Leugen horen. De rechercheur ging zitten en dacht even na.

'Daar zit wat in, Cas,' zei Hermans.

En dat was voorlopig genade genoeg.

5

Gewapend met wat nieuwe theorieën ging Peter Hermans de groep rechercheurs die met de zaak bezig was instrueren. Cas ging met hem mee naar het lokaal waar ze zich verzamelden en hoorde hoe zijn collega de laatste feiten meedeelde aan de groep mannen en vrouwen die het onderzoek deden. Er moest gezocht worden naar een jonge vrouw met wie Sacher op donderdagavond wel eens gezien werd in de Amsterdamse binnenstad. Er zou een compositietekening van haar gemaakt worden, zodat er misschien meer naam bekend werd dan alleen maar 'mädchen'. Op Cas' telefoon stond geen tap maar wellicht kon de telefoonmaatschappij achterhalen wie het dreigtelefoontje had gepleegd. Het waren kleine draadjes die los zaten in de kluwen. Hermans had dat wel eens uitgelegd aan Cas Wulffers; politie-onderzoek staat of valt met zorgvuldigheid. Elke tip – hoe klein dan ook – moet worden onderzocht omdat die wel eens nieuw licht zou kunnen werpen op het verzamelde bewijsmateriaal. 'Intuïtie is een mooi ding,' zei Hermans, 'maar de doorsnee diender heeft er niet veel aan. Ik kijk graag naar Columbo of Jessica Parker of Miss Marple, maar als ik zo mijn werk zou doen, liepen alle boeven nog altijd vrij en vrolijk rond.'

Toch had Cas niet veel meer dan intuïtie. Het speurdersvak was hem in de schoot geworpen, toen hij in dienst werd genomen door het Amsterdamse politiekorps. Hij had de opleiding niet die de rechercheurs hadden genoten. Hij wist van ondervragingstechnieken niets af, maar hij wist wel hoe een goed gesprek ging. Even bleef hij hangen in het lokaal; hij had bewondering voor de politiemannen en -vrouwen die nu álle straatjes rondom de Nieuwmarkt zouden langsgaan mét de compositietekening die ongetwijfeld over een paar uur klaar zou zijn. 'Heeft u deze vrouw misschien gezien? Weet u wie ze is?' Eigenlijk zou Cas wel willen helpen, maar hij wist dat hij hen alleen maar voor de voeten zou lopen.

Veel had hij nu niet te doen, maar hij kon niet stilzitten. Sterker nog, het was nodig – zo had hij bedacht – dat hij in beweging bleef. Degene die het dreigement over de telefoon had geuit, zou hem zeker in de gaten houden en die moest niet denken dat hij het erbij liet zitten. Hij was niet bang voor het gevaar. 'Als je niet tegen hitte kan, moet je uit de keuken blijven,' zeiden de Amerikanen. In het leger – waar Cas had gewerkt in ongeveer dezelfde functie die hij nu bij de politie bekleedde – had hij oorlogsgebieden gezien. Hij was met 'onze jongens' naar Bosnië geweest en de kogels hadden hem om de oren gefloten. Bij al die 'vredesmissies' was de vrede vér te zoeken geweest. Hij had geleerd wat angst is en hoe je ermee om moest gaan. Het bestond in je hart en je hoofd, en het zorgde ervoor dat je in dekking dook als iemand zijn vizier op je richtte. Maar er was altijd besef van het doel, er was altijd een deel van de mensheid dat je kon helpen. Als je daarvoor op deze aarde was neergezet, dan kon je niet anders dan het gevaar trotseren of zelfs opzoeken. Immers, in het gevaar schuilen de meeste slachtoffers. Daar waar het veilig is, heb je als hulpverlener of als zorgvader niets te zoeken.

De straat op, dus. Hij haalde diep adem en bedacht dat hij wellicht iets kon betekenen voor de allereerste getuige in deze moordzaak, de schoonmaker Jochem 't Hooft. Hij had hem nu al een tijdje niet meer gezien. Blijkbaar was de behoefte om de politiepastor te 'stalken' afgenomen. Toch stonden het beeld van de rijzige gestalte in zijn lange jas en de woorden die de schoonmaker had gesproken gegrift in zijn geheugen. Het raadsel van het wit, dacht Cas. Het was Jochem – júist Jochem – die maakte dat deze moord zo belangrijk was. Hij pakte zijn fiets en reed naar de Goudsbloemdwarsstraat.

Jochem was thuis, al meer dan een dag. Het werken ging even niet. Hij had zich ziek gemeld en zijn behandelend psychiater had de bedrijfsarts gebeld om te zeggen dat ze Jochem maar even met rust moesten laten. De medicatie tegen zijn psychoses was weer opgevoerd en de bijwerkingen zorgden voor een enorme vermoeidheid en een bijpassende vraatzucht. De patiënt wist dat hij die maar voor lief moest nemen. Alles beter dan die verschrikkelijke kortsluiting in je hoofd. Cas belde aan, Jochem deed open, stond boven aan het trappenhuis in zijn trainingsbroek, t-shirt en kamerjas en keek de politiepastor aan met het humeur van een hongerige oorwurm.

'Moet dat nu?'

'Kom alleen maar vragen hoe het met je is.'

'Met mij gaat het goed. U komt er wel weer uit?'

'Kunnen we even praten?'

'Van mijn psych mag ik met niemand praten.'

'Waarom niet?'

Jochem keek hem aan. Het was niet waar dat hij met niemand mocht praten, hij had er alleen geen zin in. Hij wilde geen mensen zien die hem aan dat afschuwelijke herinnerden, aan die dode man in de trein... en...

'Kom maar binnen dan. Ik moet alleen zo weg.'

'Waar moet je heen?'

'Ik ga 's middags naar het Mentrum. Beetje biljarten en zo.'

'Mag ik mee?'

'Ben jij ook in de war dan?'

'Ik wil je graag helpen.'

Jochem schudde zijn hoofd. Hij had geen zin in deze horzel die hem achtervolgde. Hij draaide zich om en ging zijn huisje binnen. Het was een ongezegde uitnodiging om hem te volgen en dat deed Cas. De schoonmaker had een keurige tweekamerwoning. Wel erg wit. Een wit bankstel, wit behang, en de houten vloer had Jochem ook wit geschilderd. Aan de wand hingen een aantal schilderijlijsten, op het eerste gezicht zonder schilderwerk erin, maar dat was niet waar.

'Maak ik zelf,' knikte de schoonmaker toen hij zag dat Cas het werk bekeek.

'Witte schilderijen.'

'Jij zegt "wit". Ik zeg "schilderij". Daar zit verschil in.'

'Hoe dat zo?'

'D'r is niet één kleur wit. Er zijn er wel duizend. Levend wit, helder wit, zilverwit. Ik koop tubes wit van verschillende merken en dan strijk je ze naast elkaar en zit er altijd verschil tussen. Dat vinden sommige mensen lelijk. Die willen dat al het wit ook écht wit is. Ik niet. Ik hou van die verschillen. Jouw wit is het mijne niet.'

Cas ging iets dichter bij het schilderwerk staan en zag inderdaad dat er subtiele kleine verschillen zaten in de streken.

'Exposeer je ook?'

'Ik ben schoonmaker, meneer.'

'Nou, als hobby!'

'D'r wil niemand witte schilderijen. Ze hangen hier. En ze hangen hier mooi. Ik zou niet willen dat ze ergens anders hangen, want niemand ziet ze zoals ik.'

'Wat zie jij dan?'

'Je moet kunst niet uit gaan leggen,' zei Jochem en hij liep naar de badkamer. 'Ik ga me even aankleden voor het Mentrum. Als u iets te drinken wil, dan staat er melk in de ijskast.'

Hij dronk alleen maar melk. Ook de keuken was wit. Witte kastjes, witte emaillen pannen. Natuurlijk was kleur niet helemaal te vermijden en hij leek er ook niet obsessief mee om te gaan, maar over het algemeen waren de ruimtes in zijn huis zo blank mogelijk. Cas liep door het huis heen, al voelde hij zich daarin enigszins bezwaard. Hij had het gevoel door een leven te lopen. De woning ademde een geschiedenis uit die blijkbaar alleen Jochem en de mensen om hem heen kenden. Maar door het wit leek alles van een ondoordringbare laag voorzien. Een laag waar je niet doorheen kon of mocht dringen. Cas vroeg zich af hoe Jochem geworden was wie hij was. Wat voor trauma was hiervan de oorzaak? Cas probeerde zich er een voorstelling van te maken. Hij kwam er niet uit. Alles was bedekt onder een mantel van liefde, een laken leek het wel, zoals er witte lakens lagen over de eettafel, lakens tot op de grond zodat je de houten poten van het meubilair niet zag. Er lagen witte grand foulards over de bank. De planken van de boekenkast waren wit gebeitst en alle boeken die Jochem had – dat waren er niet veel, een stuk of twintig – waren door hem gekaft met wit papier.

Na korte tijd kwam Jochem tevoorschijn. In zijn kleren zette dit gedrag zich niet door. Hij had gewoon een blauwe spijkerbroek aan en een schipperstrui.

'Ik heb u echt alles verteld wat ik weet.'

'Dat weet ik,' zei Cas. 'Ik maak me er alleen maar zorgen over hoe het met je gaat.'

'Met mij gaat het goed als iedereen me maar met rust zou laten.'

'Wie laten je niet met rust dan?'

'Jij. Je bent er nou toch.'

'En wie nog meer?'

'Niemand. Iedereen laat me verder met rust.' Hij ontweek een antwoord, keek nors en narrig van Cas weg. 'Ik wil jou helemaal niet meenemen naar het Mentrum.'

'Sorry,' zei Cas, en dat deed Jochem zichtbaar goed.

'Ik ben niet helemaal in orde, meneer,' bekende de schoonmaker. 'Het leven gaat bij mij niet helemaal vanzelf. Ik heb het nu allemaal aardig onder controle, maar zo is het niet altijd geweest. D'r zijn momenten in m'n leven geweest dat ik niet meer wist wat de zin ervan was. Waarom iemand mee moet maken wat ik heb.'

'Wat heb je dan?'

Jochem zocht een stoel bij de eettafel en – ondanks het feit dat hij spierwit en schoon was – veegde er met een vochtige doek alle vermeende stof en broodkruimels van af. Toen pas ging hij zitten.

'Uw hoofd doet niet wat mijn hoofd doet. U ziet een man en u ziet een vrouw. Meer niet. Maar als ik mijn medicijnen niet inneem, dan zie ik dat ze ruzie hebben. Dan zie ik hoe zij hem achtervolgt en hoe ze van plan is hem om te brengen, als ze er maar de gelegenheid voor zou hebben. Dat ze in zolderkamers met andere vrouwen samenkomt om zo een aanslag te beramen op zijn leven. Dat er berichten komen van andere planeten waardoor vrouwen zo zijn. Dat de wereld en alles daarbuiten bezig is met een heel groot complot tegen alles wat beschermd moet worden. Er zitten dan sluipmoordenaars op elk dak, of zelfs achter je bordje met witte hagelslag.'

Hij hield de rand van zijn tafel vast, alsof die hem houvast moest bieden. Cas pakte ook een stoel. Jochem stond meteen op, pakte zijn doek en veegde ook dit meubelstukje schoon. Toen maakte hij een gebaar dat Cas kon gaan zitten.

'En nu heb je daar geen last van?'

'Alles is grijs geworden, of wit. Eén kleur wit.'

'Dat begrijp ik niet.'

'Mijn leven vlakt af door de medicijnen. Ik word nergens meer blij van, maar ook niet meer verdrietig. De angst is weg, maar ook dat gevoel van vertrouwen heb ik niet meer. Er zijn dagen dat ik mij afvraag of ik überhaupt wel wat voel.'

'Jongen...' zei Cas ontzet en in een poging tot wat troost te bieden.

''s Middags ga ik naar het Mentrum. Daar zijn we onder elkaar. Allemaal gekken!' Er kwam zowaar iets van een lach op zijn gezicht. 'Je krijgt het niet meer schoon, hoe erg je ook poetst,' zei hij plotseling.

'Wat?'

'Hét!'

'Wat bedoel je?'

Jochem slikte. 'Toen ik die dooie man in de trein zag, toen zei ik tegen mezelf: ik ga dit eerst helemaal schoonmaken. Ik zeg alles wat ik gezien heb, dan houdt het vanzelf op. Als je het wit maakt, is er niks meer. Maar er blijft altijd wat achter. Daarom bent u nu toch hier?'

'Ik ben hier omdat ik me zorgen over je maak.'

Jochem stak moeiteloos en feilloos door die kleine leugen heen.

'U bent hier, omdat u denkt dat er meer is. U komt iets halen. Iets wat ik niet heb.'

'Denk je dat?'

'Nee, meneer, dat dénk ik niet. Dat wéét ik. U bent hier om iets uit mij te trekken waarvan u denkt dat het er is. Maar het is er niet. Ik heb echt alles gezegd wat ik te zeggen had. Meer heb ik niet in mijn bovenkamer zitten.

'Misschien heb je gelijk,' zei Cas. 'Ik heb het daar de laatste tijd nogal moeilijk mee. Ik weet niet precies meer wat zuiver is en wat niet. Ik wil graag mensen helpen, maar ik ben er niet altijd toe in staat.'

'Dus u vraagt zich af of u mensen helpt?'

'Ja.'

'Dat is niet de goeie vraag.'

'Het is de enige die ik heb.'

'De vraag moet zijn: heeft u in het verleden mensen geholpen?'

'Maar resultaten behaald in het verleden bieden geen enkele garantie voor de toekomst.'

'Dat niet, nee. Maar ik dacht dat u een dominee was.'

'Politiepastor. Ik ben predikant, ja.'

'Dan heeft u toch alle garantie voor de toekomst die u maar kunt verwachten? Verder is er geen zekerheid, hoor.'

Het waren wijze woorden van een man die alleen maar beperkt werd door zijn ziekte, niet door zijn intelligentie.

Cas ging mee naar het Mentrum en kwam in een omgeving die hij niet kende. Er waren een stuk of twaalf mannen en vrouwen, in alle mogelijke leeftijden. Ze zaten in een grote woonkamer met veel tafels, die nogal knus was aangekleed. Ze konden er tafeltennissen of andere spelletjes spelen, televisie kijken of zomaar wat praten in lekkere diepe stoelen bij een rustgevende haard. Er waren twee verpleegkundigen aanwezig, maar die hadden gewone burgerkleding aan. Iedereen leek iedereen te kennen. Misschien zou je op straat deze mensen niet herkennen in hun ziekte, maar hier was hun zenuwaandoening duidelijk te zien. Ze waren stuk voor stuk psychiatrische patiënten, niet ziek genoeg om in een kliniek opgenomen te worden, maar ook niet sterk genoeg om zonder hulp het dagelijkse leven aan te kunnen.

Hun aanwezigheid was op basis van vrijwilligheid, maar ze kwamen allemaal elke dag opnieuw. Ze hadden elkaar nodig, de eenvoudige gesprekken, de blik van de verpleegkundigen die hun het vertrouwen gaf dat vandaag een goede dag was. Ze deden er niets bijzonders.

Een van hen was Dirk, een jongen van eind twintig. Hij had een enorme bos haar en leek een spring-in-het-veld. Hij probeerde de anderen aan het lachen te maken met zijn ondeugende grapjes en zijn rologen. Hij zat geen seconde stil, liep van de een naar de ander en kon geen moment zijn mond houden.

'Dit is Chantal,' zei Dirk over een vrouw op leeftijd. 'We gaan later trouwen als zij groot is.'

'Gekkerd,' lachte Chantal.

'Zal ik een liedje voor je zingen? Ik ga je een aubade brengen, Chantal. Dan bezing ik je blauwe ogen en je ravenzwarte haar. Als ik een gitaar had, dan deed ik het.'

Hij ging op een tafel staan en zong een paar regels van een onhandig liefdesliedje dat niet eens rijmde. De anderen lachten, ook de verpleegkundigen.

'Zullen we even tafeltennissen, Dirk?' vroeg een van hen.

'Als hij maar z'n energie kwijt kan,' legde Jochem uit aan Cas. 'Hij is de vrolijkste van ons allemaal. Hij denkt dat hij de wereld moet vermaken. Je kan met Dirk altijd lachen.' Daarop betrok Jochems gezicht. 'Vorig jaar heeft hij bijna een einde aan zijn leven gemaakt door een overdosis te nemen. We waren er net op tijd bij. Hij heeft een dochtertje. Maar die ziet hij niet altijd, want... want zijn vrouw kan het niet aan. Dus daarom is hij hier.'

Achter de twaalf patiënten zaten nog veel meer verhalen. Ze droegen allemaal littekens van beschadigde levens met zich mee en konden het bestaan maar nét aan, met alle hulp van buiten en met medicijnen die het hele leven vlak maakten. Cas mocht meedoen met de spelletjes. Hij lachte mee om de grapjes en hij moest ook vertellen, toen ze in de cirkel gingen zitten om de avond van gisteren met elkaar door te nemen. Hij vertelde dat hij politiepastor was. En dat hij twijfelde.

'U twijfelt aan God?'

'Niet aan God, maar aan mezelf,' zei Cas.

'Dat is dan wel erg ondankbaar,' zei Chantal.

'Hoezo dat dan?' vroeg Cas.

'Nou, daarmee beweer je eigenlijk dat jij jezelf hebt gemaakt en dat je er niet zo tevreden over bent. Maar je hebt jezelf toch niet gemaakt?'

'Maar dan kan ik toch nog wel niet zo tevreden zijn over mezelf?'

'Dan bent u ook ontevreden over God,' zei Chantal stellig. 'En dat noem ik ondankbaar.' Bij Cas kwamen de woorden aan als mokerslagen in zijn gezicht.

'Ben jij tevreden, dan?' vroeg hij.

'Weet je wat het is,' zei Dirk die de hele tijd aan het ronddraaien was op een bureaustoel. 'Je kan wel ongelukkig zijn, want dat is een gevoel. Maar je mag het niemand verwijten. Het is gewoon zo, en daar moet je mee leven. Of niet, of d'r tegen vechten. Maar als je ziet wat iedereen voor je doet, en wat jij dan weer voor anderen kan doen... dan mag je niet ontevreden zijn.'

'Dus ongelukkig is iets anders dan ontevreden?' vroeg Cas.

'Ja,' zei Chantal. 'Ongeluk is ook maar een traan. Wat is een traan? Je vult er nog geen glas mee. Als je er overheen veegt, is hij al weer droog. Als ongeluk een oceaan was die uit je ogen kwam, dan hadden we wat te klagen.'

'Het klinkt zo simpel,' zei Cas, zichtbaar ontroerd door de eenvoud van antwoorden die hem hier geschonken werd.

'Ik was pas heel erg treurig,' zei een oude man die Alexander Wagenaar heette. 'En toen ben ik naar Jochem gegaan. Daar zag ik die prachtige schilderijen. Ik heb een schilderij van hem gekocht. Als ik 's ochtends uit mijn bed kom, dan is het eerste wat ik doe naar dat schilderij kijken. Ik noem het "mijn spiegel", omdat het schilderij meer zegt over wie ik ben dan als ik naar mezelf kijk. Niet dat ik nooit meer treurig ben. Maar ik heb er wel troost voor gevonden.'

Cas knikte.

De middag duurde nog een paar uur en toen liep Cas zwijgzaam mee naar het huis van Jochem. Bij de deur van de Goudsbloemdwarsstraat wilde hij afscheid nemen, maar iets in hem hield hem tegen.

'Die schilderijen? Zijn die te koop?' vroeg Cas.

'Niet voor iedereen,' zei Jochem. 'Maar wel voor jou.'

Hij hing het thuis op, boven de schoorsteen, en keek ernaar. Er zat een stralend witte lijst omheen, klassiek, vol ornamenten. Ongetwijfeld was die lijst in een vorig leven goudkleurig geweest, maar Jochem had hem zorgvuldig bedekt met een laagje witte verf, er zelfs alle naadjes en gaatjes mee gevuld. Daarbinnen was een wit schilderij dat niets voorstelde. En toch stroomden de tranen over de wangen van Cas Wulffers, zoals ze dat lang niet hadden gedaan. Het was alsof hij zichzelf zag in dat witte schilderij dat niets prijsgaf van zijn grote geheim.

Hij voelde zich een paar uur brak en pas toen hij zichzelf vermande, kon hij het opbrengen terug naar het bureau te gaan. Daar was het altijd druk, want iedereen had altijd werk. Ook Peter Hermans zat gebogen over papieren en foto's en rapporten en processen-verbaal.

'Elk spoor is doodlopend,' zei Hermans. 'Die vrouw lijkt te zijn opgegaan in rook. Als ze elke donderdag uit eten zijn geweest, zou je toch verwachten dat ze een heel stel restaurants in de buurt hadden bezocht? Maar niks daarvan. Het blijft alleen bij De Waag, alsof dat de enige plek is waar ze ooit tezamen zijn gezien. Ik begrijp er helemaal niets van.'

'Heb je die tekening?'

'Ja, hier.' Peter Hermans had een aantal kopieën laten maken. Het meisje op de tekening was een jaar of drieëntwintig. Ze had gitzwarte natuurlijke krullen en stevige wenkbrauwen die weliswaar keurig waren geëpileerd. Ze had een glimlach op haar gezicht, klaarblijkelijk hadden degenen die haar hadden gezien haar zó meegemaakt. Ze had smalle, bijna breekbare schouders, en een kettinkje om haar hals. Dunne lippen, kersenrood, een beetje pruilend maar niet treurig. De tekenaar had haar voorlopige naam er onder gezet: 'Gretchen' was ze genoemd, omdat niemand wist hoe ze werkelijk heette. 'En het rijmt op "mädchen", toch?' verklaarde Peter deze keuze. Het rijmde niet, wist Wulffers, maar hij had geen zin om daarover te bakkeleien. 'Het lijkt me een vriendelijk kind. Niks mis mee. Ik denk niet dat het een... ingehuurde gezelschapsdame is.'

'Hoe bedoel je dat?'

'Nou,' zei Peter. 'Ik kan natuurlijk niet om de theorie heen dat onze Gustav op donderdagavond altijd met een ándere dame uit eten ging, en niet met deze. Misschien zelfs wel elke week met een verschillende.'

'Een prostituee?'

'Dat hoeft niet onmiddellijk. Nou ja, ik kan niet ontkennen dat ik die mogelijkheid wel openhou.'

'Gustav Sacher lijkt mij niet de man...' zei Cas.

'Daar kán ik niks mee! Met wat jij dénkt over Gustav Sacher. Dat baseer je namelijk op helemaal niks. Je hebt geen enkele dossierkennis, je weet niets van hem. Wij weten al bijna niks van hem. Behalve dat hij heel veel geld verdiende met dat wat hij voor Stippel, Van Buren, Holdering en Van Sloten deed. En wat moest deze ongetrouwde niet-gebonden man met al dat salaris?'

'Ik geloof niet...'

'Nee, Cas. Zo wérkt het niet. Ik móet bepaalde opties openhouden, ook al stuiten ze me tegen de borst. Ik kan niet anders dan de mogelijkheid onderzoeken dat Gustav Sacher zich op donderdag liet vergezellen door verschillende dames. Elke donderdag een andere. En dat dát de reden is dat we nul op het rekest krijgen als we met deze tekening langs de verschillende restaurants gaan.'

'Je hebt toch een foto van Sacher zelf? Ga daar dan mee naar diezelfde restaurants!'

'Dat zijn we nu ook aan het doen! Cas, waarom wil je zo ontzettend graag bewijzen dat Sacher deugde? Wat heeft dat in vredesnaam voor zin binnen een moordonderzoek?'

'Als die vrouw een prostituee was, waarom nam Sacher haar dan niet mee naar het hotel?' bracht Cas in.

'Omdat ik niet precies weet wat voor wensen de klant in kwestie had. Omdat Sacher misschien met zo'n meid eerst een ander hotel indook. Om duizend redenen die ik niet ken. Ik weet alleen maar dat deze vrouw maar in één restaurant gezien is en daar heb ik mijn conclusies uit getrokken.'

'Voorbarige conclusies!'

'Net zo voorbarig als de jouwe. Jij wilt dingen zien die er niet zijn of die misschien anders zijn. Je kijkt naar een man en je denkt: dat is een aardige vent. Je weet het niet zeker, je weet het eigenlijk helemaal niet. Maar je denkt het. Je kijkt naar deze tekening en je zegt: dat is een lief meisje. Maar dat weet je helemaal niet. Jij ziet nog een vriendelijk landschap in een wit schilderij!'

'Wat zeg je?'

'Ik bedoel, het is interpretatie en...'

'Nee, hoe zei je het precies?'

'Dat jij naar een man kijkt en naar een tekening...'

'Nee, van dat witte schilderij? Hoe weet jij van een wit schilderij?'

'Ik weet helemaal niks van een wit schilderij. Ik zeg dat zomaar!'

'Word ik gevolgd?' Peter zweeg even. Cas' ogen spogen vuur. 'Heb jij een mannetje achter mij aan lopen?' Peter verbeet zich. Een beginnersfout, een verspreking. 'Laat jij mij in de gaten houden?'

'Ja. Je bent bedreigd. Ik hou je in de gaten, ja. Ik wil niet dat er iets gebeurt.'

'Dus je weet van dat witte schilderij...'

'Cas. Ik ga je niet opvissen van de bodem van 't IJ.' De politiepastor leek hem even niet te horen. Hij pakte de telefoon en draaide een nummer. 'Ik heb nu eenmaal de verantwoordelijkheid...' maar Peter Hermans mocht niet verder praten. Cas hield zijn hand op, als een soort bevel dat de rechercheur even moest zwijgen.

'Andreas?'

'Wat moet je nou weer met Andreas?' vroeg Hermans.

'Ben jij op het lab?' vroeg Cas door de telefoon. Blijkbaar werd er aan de andere kant bevestigend geantwoord. Toen hing Wulffers de telefoon weer op, keek zijn collega aan. 'Jij hebt gelijk. Maar ik weet alleen niet of het een vriendelijk landschap is.'

Peter Hermans fronste en wilde weten wat Cas dáár nou weer mee bedoelde. Maar hij kreeg de kans niet, want de politiepastor was verdwenen.

'En wat moet ik hier mee?' vroeg Andreas de Graaff terwijl hij het witte schilderij van Jochem 't Hooft in zijn handen hield.

'Kijken,' zei Cas.

'Ik zie witte verf. Dit is de Noordpool. Of de bovenkant van een wolk. Een ijsbeer die in een baal witte watten is gevallen. Kerstmis volgens Bing Crosby. Een sneeuwpop in de mist. Een bruidsjurk tegen een muur vol slagroom. Ik raad maar wat.'

'Kun je ook verder kijken?'

'Nou, ik vind dit al aardig ver, Cas. Ik kijk naar een wit schilderij met een witte lijst en ik geef je een interpretatie.'

'Aan interpretaties hebben we niets in het politiewerk,' zei Cas die klaarblijkelijk een snelle leerling was. 'We moeten keiharde bewijzen hebben.'

'Ik kan hier niks mee,' zei Andreas.

'Jij bent toch forensische dinges...'

'Nee, dan moet je bij de Technische Recherche zijn. Ik ben alleen maar de patholoog-anatoom. Van lichamen weet ik alles, van schilderijen alleen maar dat mensen er te veel geld aan uitgeven.'

'Wie ken jij bij de Technische Recherche die mij zou kunnen helpen?'

'Jij kent haar zelf ook.'

Juliet Vandenbroecke wachtte de twee oudere heren op bij de poort van het Forensisch Laboratorium van de Amsterdamse politie. Ze had een witte jas aan die haar opmerkelijk goed stond, en ze droeg een zonnebril als een soort diadeem in haar donkerbruine haar. Ze was jong en volgens velen het meest briljante wat het korps te bieden had. En ze was Vlaams, wat voor sommigen in haar voordeel sprak. Daarbij was ze zo'n verpletterende schoonheid dat veel van haar mannelijke collega's al in katzwijm lagen als ze alleen maar met haar mochten werken. Van die overdreven hormoonreactie hadden Cas Wulffers en Andreas de Graaff geen last meer. En daarom werkte ze graag met hen.

'Een wit schilderij. Het moet niet dwazer worden,' zei ze met een ondeugende glimlach.

'Het is niet wit,' zei Cas. 'We denken dat het wit is, maar het is iets anders.'

'Wit is wit.'

'Mij is uitgelegd dat er heel veel verschillende soorten wit zijn. Kun je ernaar kijken?' vroeg Cas nogal nederig. Ze knikte.

Het Forensisch Laboratorium drukte zwaar op de Amsterdamse politiebegroting. Er kon geen apparaat worden uitgevonden dat het onderzoek kon ondersteunen of het werd door de hoogste bazen aangeschaft en geïmporteerd. Voor de zo tot de verbeelding sprekende gelijkwaardige instituten in Miami, Las Vegas en New York deed dit pand qua inhoud niet onder. Niet dat je als leek ook maar iets daarbinnen te zoeken had. Er stonden talloze computers op talloze tafels. Er waren oneindig veel afgesloten ruimtes, opgetrokken van louter plexiglas, en overal waren grote lcd-schermen opgehangen waarop je de laatste resultaten van een bepaald onderzoek kon aflezen.

Juliet Vandenbroecke nam het schilderij eerst in haar handen en bekeek het van dichtbij. Ze nam een loep en probeerde na te gaan of ze iets kon ontdekken aan de streken in de verf. Met het blote oog was er niets aan af te lezen. Wit op wit op wit op wit. Het was alleen maar wit en verder toonde het geen enkel verhaal.

Dus moesten er apparaten aan te pas komen. In eerste instantie legde Juliet het schilderij op een tafel en ontdeed het van de lijst. Dat was gemakkelijker gezegd dan gedaan, want blijkbaar was Jochem zo in de weer geweest met zijn verf dat hij lijst en binnenwerk min of meer aan elkaar had geplakt met het wit uit de tube. Ze moest zorgvuldig het een van het ander lossnijden en gebruikte daarvoor vlijmscherpe scalpeermesjes. Ze straalde in haar werk een enorme rust uit, waarbij ze millimeter voor millimeter het mes het werk liet doen, zonder dat ze haar geduld verloor.

Uiteindelijk legde ze het kale schilderij op tafel. Nu zette ze een paar lampen neer die als het ware hun licht veegden over het schilderij.

'De structuur krijgt dan wat meer schaduw,' zei ze. Cas zag het gebeuren. Er kwam zowaar contrast op het schilderij. Flinterdun, maar duidelijk zichtbaar. Ze trok een camera dichterbij die in een constructie boven de tafel was bevestigd en richtte die dusdanig dat het witte doek precies in het midden lag. Vanaf dit moment liet ze de tafel verder met rust. Ze verliet de plexiglazen ruimte en ging naar een tafel met een toetsenbord en een enorm scherm. Ze tikte een aantal toetsen in en nu werd op het display het schilderij zichtbaar.

Er waren duidelijk lijnen op te herkennen, maar ze konden van alles voorstellen.

'Interpretatie,' mompelde Cas. Het was een onaangenaam woord geworden. Juliet deed verschillende pogingen om het beeld helderder te maken. Ze schroefde de contrasten op, maakte van het wit een soort donkergrijs. Ze liet er uiteindelijk ook röntgenstralen door vallen en nam het beeld dat ze op die manier bewerkstelligde erbij. Vervolgens liet ze een scan maken van de verfdiktes op het doek en die gaf ze allemaal een eigen kleur. Nog altijd was het witte doek een abstract kunstwerk; weliswaar nu vol lijnen en plekjes, vol kleuren en vlakken, maar je kon er geen realistische afbeelding van maken.

'Fout spoor,' zei Andreas. 'Of moet ik zeggen: doodlopend spoor?'

'Heb je alles geprobeerd?' vroeg de politiepastor bijna smekend.

‘Ik kan proberen een combinatie-analyse te maken. Het probleem is alleen dat de computer dan alle beelden intensief moet renderen.’

‘Renderen?’

‘Elk beeld valt uiteen in miljoenen en nog eens miljoenen pixels. De computer moet elk van die deeltjes dan weer vergelijken en bepalen wat de meest plausibele uitkomst is. Zoiets duurt een paar uur.’

‘O,’ zei Cas.

‘Tja,’ zei Andreas.

‘Bij andere collega’s is dit meestal het moment waarop ik uit eten word gevraagd,’ glimlachte ze. En de twee haastten zich om die historische lijn niet te onderbreken.

Ze aten in een bistro, maar Cas Wulffers was er met zijn gedachten niet bij. Het entrecoteje was fijn gebakken, de saus samengesteld uit louter verse ingrediënten, met de gepofte aardappel met roomvulling was niets mis, maar het smaakte hem niet.

‘U bent elders, is het niet?’ zei Juliet.

‘Het spijt me.’

‘Wat staat er op dat schilderij?’

‘De waarheid, denk ik,’ zei Cas.

‘Dat is mooi. En welke waarheid zoekt u?’

‘Er is maar één waarheid,’ liet Cas Wulffers weten en hij realiseerde zich dat dáár nu net de band lag tussen hem en rechercheur Peter Hermans. Er was eigenlijk geen ruimte voor interpretatie van de waarheid. Wat je kon doen was de omstandigheden, de indrukken, de impressies interpreteren, maar de waarheid stond onomstotelijk vast. Hij vond dat een mooie gedachte, het gaf hem enig houvast in deze twijfeltijd.

‘Alleen kunnen we er soms niet bij,’ zei Juliet. ‘Bij die waarheid, bedoel ik. Ik mag wel zeggen dat juist dat mij vaak woedend maakt. Dat de materie mij de waarheid niet onthult.’

‘Zoals?’

‘Zoals bij DNA. Dat is nu het toverwoord in de forensische recherche. Je vindt op een slachtoffer een haar of iets anders. En dat blijkt qua DNA te kloppen met iemand die tot de verdachten behoort. Het lijkt nu net alsof dan alle bewijsvoering vervalt. Niemand praat meer, niemand luistert, niemand bekijkt de zaak nog een tweede keer. DNA doet deuren dicht. Terwijl ik mij dan soms afvraag: hoe komt die haar daar? Is die haar wel het sluitende bewijs van deze zaak? Het lijkt een waarheid omdat we niets beters hebben, dus nemen we die haar maar aan. Maar soms bedriegt zo’n stukje bewijs ons.’

Cas knikte. Hij begreep haar. Misschien gaf het schilderij wel iets prijs, maar wát? Wat moesten ze dan met die waarheid?

6

Ze namen ook nog een toetje en koffie, maar het was eerder de tijd die voor deze bestelling zorgde dan de trek. Op haar horloge kon Juliet precies zien waar de computer nu was in zijn enorme rekenklus en het had geen zin om voortijdig naar het lab te gaan. Al die tijd zou het beeld op zwart staan, terwijl de processors in verschillende machines verhit bezig waren om uit te rekenen wat er in het wit van het schilderij verstopt zat.

Het was ná negenen toen Juliet, Andreas en Cas de rekening vroegen en terug gingen naar het Forensisch Laboratorium. Precies om zeven minuten voor half tien kwamen ze daar aan. Het grote beeldscherm was nog steeds zwart, op een klein groen kader onderin na dat meldde dat het systeem nog één minuut en drieëntwintig seconden nodig had. Juliet trok haar witte jas weer aan, duwde de zonnebril opnieuw in d'r haar en nam haar stoel bij de computer. Ze klikte met de muis op een klein veld, waardoor het computerbeeld ook te zien was op een aantal lcd-schermen aan de wanden van het lab. Minder dan een minuut.

Ze voelden zich omringd door zwarte schilderijen die de waarheid van het witte in de plexiglazen ruimte nog even verborgen hield. Dertig seconden nog. Juliet vroeg of iemand koffie wilde, maar Cas en Andreas schudden hun hoofd en bleven ingespannen kijken naar dat wat komen ging. Negentien, achttien, zeventien seconden. Ergens ging een telefoon over, maar ze namen niet de moeite hem op te nemen. Alles kon wachten, zeker nog die dertien, twaalf, elf seconden. Cas haalde een notitieboekje tevoorschijn om te noteren wat hij straks zou gaan zien. Zeven, zes, vijf. Andreas voelde hoe zijn vingers trilden en vouwde zijn handen om het tegen te gaan. Drie twee... één.

Op vier schermen tegelijk was een afbeelding te zien. Een helder beeld. Niet een abstract werk met willekeurige kleurvlakken, met dwarse chaotische lijnen, maar gewoon een schilderij. Alsof het zó uit de school van realisten kwam. Jochem schilderde zoals elke schilder schilderde. Hij schilderde wat hij zag en zette het op een doek met glasheldere streken. Alleen gebruikte Jochem daarvoor maar één kleur verf, zodat geen mens ooit kon zien wát hij precies schilderde. De moderne technologie had zijn geheim ontrafeld en liet aan de drie politiemensen zien wat Jochem op het doek had gezet.

Het was een gruwelijk tafereel van een jongen die het been van zijn dode vader vasthoudt. Het lichaam van de vader zit vol bloed, de keel is doorgesneden, op de voorgrond is nog nét de schouder te zien van een vrouw. Het jongetje lijkt naar de schilder te kijken, of naar de moordenares... dat is niet duidelijk. In ieder geval is zijn blik vol afschuw en verdriet. Zijn mond staat een beetje open, alsof hij zijn pijn naar buiten wil schreeuwen. Maar er komt geen geluid uit, het is maar een schilderij. De moordenares staat onbewogen in de voorgrond. De man ligt op een bank, achterover, en bloedt dood.

Cas, Juliet en Andreas konden niet blijven zitten bij het zien van zo veel gruwelijkheid.

'Wat heeft dit te betekenen?' zei Andreas. 'Is de moordenaar een vrouw?'

'Dit is een schilderij van vóór de moord op het Centraal

Station,' wist Cas. 'Dit gaat over de ware geschiedenis van Jochem 't Hooft. Dit is wat in zijn hoofd zit.'

'Wat moeten we hiermee?'

Cas schudde zijn hoofd. Hij wist het niet.

Hij liet de computer uitprinten wat de camera en al dat rekenwerk van de machinerieën in Juliets lab hadden ontdekt en wat voor mensenogen verborgen had moeten blijven. Andreas vroeg of hij met Cas mee moest gaan.

'Waarheen?'

'Waar jij nu naar toe gaat. Hoe moet ik weten waar dat is?'

'Ik weet het zelf niet,' zei Cas. Hij bekeek het gruwelijke schilderij nog een keer. Hij vroeg zich af of hij het Jochem moest laten zien, maar hij was ervan overtuigd dat de schoonmaker ditzelfde beeld in dezelfde kleuren voor ogen had als de medicijnen hun werk niet goed deden.

Cas nam de fiets. Hij wilde niet naar huis. Hij wilde niet naar het bureau. Hij wilde eigenlijk nergens heen. Hij wilde alleen maar nadenken. Er zat veel treurigheid in deze zaak en die leek soms het heldere beeld uit het zicht te houden. Wat hij wist was dit: Jochem had meer gezien dan hij zelf besefte. Klaarblijkelijk was het ventiel van zijn zenuwaandoening dichtgeslagen en had hij het beeld in de trein verdrongen. Zoals hij altijd gruwelijke beelden verdrong, vooral die uit zijn jeugd. Hij zette ze met enige regelmaat op het canvas, maar zelfs dan verdrong hij ze door ze te schilderen met louter witte verf. Het was misschien mogelijk om Jochem zijn échte waarheid te laten vertellen, maar welke schade berokkende je de psychiatrische patiënt dan? Mocht je zoiets doen in je drang om de schuldige van een moord te vinden? Hij wist waar Peter Hermans voor zou kiezen, want die zou zeker niet de terughoudendheid hebben die de politiepastor er nu op na hield.

En toch... toch moest de onderste steen boven. Op een of andere manier moest Cas weten wat er in die trein gebeurd was, toen de wagon eenmaal aangekomen was op het Centraal Station. Wie had het wapen op Gustav Sacher gericht en de trekker overgehaald? Iemand moest dat weten... en ongetwijfeld was die iemand Jochem 't Hooft. Meer nog moest hij weten. Wie die vrouw was waar Gustav Sacher een week eerder mee gesignaleerd was. Wat hun band was.

Hij fietste door de stad. Hij hoorde mensen lachen en gearmd café's verlaten of uit bioscopen komen. Hij hoorde ze praten en nieuwe afspraken maken. Hij zag lichtjes weerspiegelen in het asfalt en besefte dat zijn Amsterdam een stad vol kleur was, en dat je op sommige plekken méér zag dan je lief was... en op andere plekken minder dan je eigenlijk wou. Amsterdam was een stad vol geheimen en onthullingen, maar het één leek nauwelijks in balans met het ander.

Hij fietste over de Rozengracht, door de Raadhuisstraat, via de Damstraat en was van plan door te steken naar de Jodenbreestraat toen hij zich plotseling bedacht. Hij stopte op de Dam en zette zijn fiets vast aan de moderne chromen rekken die de gemeente er kortgeleden heeft neergezet. Hij wandelde de Kalverstraat op, waar het zelfs nu nog – rond een uur of elf in de avond – druk was met opgeschoten jochies en toeristen. Hij liep langs de schreeuwende winkelruiten waar je alles kon kopen als je maar geld had. Hij wist precies waar hij naartoe ging, ook al was hij er nog nooit geweest. Cas Wulffers was geen Amsterdammer. Hij was geboren en getogen in Brabant. Het werk had hem naar de hoofdstad gebracht. Alleen uit verhalen wist hij dat verderop De Papegaai was.

De gevel van het pand was nauwelijks een paar meter breed en aan de buitenkant zag je niet dat er zich binnen een schuilkerk bevond. Een vermomming die noodzakelijk was vanwege de 17de-eeuwse overheidsbepaling dat rooms-katholieken geen diensten mochten houden in een gebouw dat vanaf de openbare weg te herkennen was als kerk. Pas in de 19de eeuw had het kerkje een eigen officiële portiek gekregen. En die was versierd met een stenen papegaai, waaraan het schuilkerkje zijn volksnaam had ontleend. De eigenlijke naam was de 'H.H. Petrus en Pauluskerk'. Buiten was een houten bord bevestigd dat daar al sinds jaar en dag zat. 'Een kwartier voor God' stond erop, en de gedachte was dat de razende en winkelende voorbijganger misschien af en toe een kwartier over had om even te bidden in een godshuis midden in een drukke winkelstraat. Cas had behoefte aan dit moment. Hij ging het kerkje binnen en zocht een bankje.

Hij keek om zich heen, rook de geur van brandende waskaarsen en zag de twaalf statiën van het lijden van Christus, de kleine heiligenbeelden en de glas-in-loodramen met de Evangelisten. Zo anoniem als de kerk aan de buitenkant, zo vol rooms-katholieke beelden was het gebouw van binnen. In een stad waar kerk na kerk veranderd werd in een commercieel centrum, soms zelfs in een uitstalling voor kampeerspullen, daar was dit kleine plekje behouden gebleven. Hij was gereformeerd, deze kerk was rooms-katholiek. God was gelukkig overal.

Er zat een oud vrouwtje verderop. Ze was aan het bidden en sloeg na afloop een kruis. Ze had geen acht op hem geslagen, ze was in zichzelf gekeerd. Ze had een rozenkruisje in haar handen en haar perkamenten vingers gingen van het ene kraaltje naar het andere. Ze prevelde de gebeden die ze als kind uit het hoofd had moeten leren; het ene na het andere. Cas bekeek haar en glimlachte omdat ze zo mooi sereen was, zo volstrekt bezig met haar contemplatie.

'Kijkt u nou naar mij?' vroeg ze.

'Ja,' zei Cas.

'U bent zeker een toerist.'

'Ach,' zei Cas. 'Ik ben hier in ieder geval nog nooit geweest.'

'Het is hier lekker fris. En lekker rustig. Ik kom hier elke avond even.' Ze liet het rozenkransje in een geëmailleerd doosje glijden en stopte het in haar tas. 'Als ik het niet doe, wie moet het dan doen? M'n kleindochter gaat nog wel eens mee, maar dat doet ze niet voor zichzelf hoor... dat doet ze alleen maar voor mij. Ik probeer er wel eens met haar over te praten, maar ze zegt: ik geloof d'r niet án.'

'En dat spijt u.'

'U gelooft niet?'

'Jawel,' zei Cas die niet in dezelfde val als Petrus wilde lopen.

'Omdat u zo aan het zoeken bent. U ziet eruit als een zoekend mens. Zo kom ik ze veel tegen in de wereld hierbuiten. Nou ja, logisch ook. Alles raast maar door. Wie staat er nou nog stil bij het mooie en het goede? Ze moeten allemaal geld verdienen. Als ze stilstaan, krijgen ze een duwtje in de rug van de overheid of van de politie of van de meesters op school. Iedereen is maar aan het haasten. Haasten naar je werk. Haasten naar de oppas voor je kinderen. Haasten naar de supermarkt. Haasten om oud te worden. Toch is dat stom, want het leven is al zo kort. Als je je niet haast, heb je er langer wat aan.'

Ze glimlachte en haar ogen glansden.

'Ik zoek inderdaad. Ik weet niet zo goed wat ik moet doen.'

'U bent een doemens!'

'Ja,' glimlachte Cas Wulffers.

'Doeners, zeggers... weet u wat het kwalijke daarvan is? Dat ze niet meer luisteren en kijken. Ze stralen uit, maar er komt niks meer binnen. En voor je het weet zijn ze uitgedoend... dan krijgen ze iets aan hun hart. Of ze moeten naar een psychiater.'

Cas fronste zijn wenkbrauwen.

'Psychiater?'

'Ja, meneer. Dat is wat er gebeurd met doemensen. Ze rennen en ze staan niet stil. Tot ze in hun kist liggen of op een divan bij de zielenknijper.'

'Psychiater!' Cas sloeg met zijn vlakke hand tegen zijn voorhoofd. Natuurlijk! Als hij Jochem niet kon spreken, dan nog altijd wel zijn psychiater. Hij stond op. 'U bent een engel!' zei hij nog en rende het kerkje uit. Zij keek hem glimlachend na. En toen vouwde ze nog even haar handen.

'Uw huis kent vreemde snoeshanen,' zei ze, want dát moest ze nog even tegen Hem kwijt.

Toen hij thuiskwam was het al bijna middernacht. Hij nam de telefoon en probeerde te achterhalen wie de psychiater was van Jochem 't Hooft, maar hij kwam er niet doorheen. Er waren mensen die hem voor gek versleten, andere die tegen hem tierden dat dit toch geen uur was waarop je nog mensen belde, maar het meeste sprak hij tegen zogenaamde voice-mails die hem beloofden 'zo snel mogelijk terug te bellen'. Uiteindelijk gaf hij het tegen enen op. Hij ging zitten in zijn stoel en voelde dat hij helemaal leeg en zelfs enigszins buiten adem was.

Op dat moment ging de telefoon. Hij nam op.

'Ik had jou toch gewaarschuwd! Jij luistert niet.'

'Ik wil je spreken,' zei Cas.

'Jij gaat dit niet navertellen.'

'Jij bent de moordenaar niet,' zei Cas. Toen werd het stil aan de andere kant van de lijn. Er was alleen maar een zware adem hoorbaar. Maar opgehangen werd er niet. 'De moordenaar is een vrouw.'

Een klik en een ingesprekstoon. Cas keek naar het toestel. Hij dacht dat hij de stem had herkend.

De bouw van Het Blauwe Huis in de nieuwe woonwijk IJburg had op nogal veel weerstand gestuit. Midden tussen de andere huizen had de gemeente een psychiatrische kliniek bedacht waar ambulante patiënten terecht konden. Er was veel politieke overredingskracht voor nodig geweest om de omwonenden uiteindelijk dusdanig gerust te stellen dat ze hadden ingestemd met het plan. Ook al was Het Blauwe Huis gelieerd aan een psychiatrische kliniek in Utrecht die zich uitsluitend met forensische psychiatrie bezighield en dus met TBS-ers, toch kon de dagelijkse leiding aantonen dat de behandelden in deze dependance volstrekt ongevaarlijk waren, behalve misschien voor zichzelf.

Nu – een jaar later – wist niemand meer beter. Het gebouw was onderdeel geworden van de jonge, moderne leefwereld van dit nieuwe gebied binnen de Amsterdamse stadsgrenzen; een hoop opgespoten land in de monding van het IJ tussen Durgerdam en Diemen in, waar vooral jonge gezinnen een nieuw en comfortabel huis konden vinden. De kinderen op het speelterrein wisten precies wat zich afspeelde in Het Blauwe Huis en ze hadden soms ongeschuurde en ongepolijste gesprekjes met de patiënten die hier even gingen zitten met een blikje drinken of een sigaretje.

'Jij bent toch gek?'

'Hartstikke!'

'Mag ik dan even in je hoofd kijken?'

'Mijn hoofd zit dicht.'

'Maar de dokters kijken d'r toch in. Zegt mijn mamma.'

'O, dat bedoel je... dan moet je maar even in mijn oor kijken.'

'Het is donker in je hoofd.'

'De dokter gaat er een lichtje in maken.'

'En ben je dan niet meer gek?'

'Heb jij een lichtje in jouw hoofd dan?'

'Nee natuurlijk niet.'

'Nou, dan ben ik wél gek... want wie heeft er nou een lichtje in zijn hoofd?'

Wie luisterde, kon gesprekken opvangen die mooier waren dan welke toneelschrijver ook kon bedenken. Er waren intussen gezamenlijke barbecues georganiseerd en zo was Het Blauwe Huis een opmerkelijk maar volkomen geaccepteerd onderdeel geworden van de kleine samenleving hier.

Dat was voor een groot deel te danken aan directeur Wybe van Dijk, die uit een geslacht van louter psychiaters kwam. Zijn vader had een aantal publicaties het licht laten zien die tot op de dag van vandaag golden als standaardwerken op het terrein. In diens voetsporen was Wybe getreden als een man die vooral de vermenselijking van de psychiatrie voorstond, de acceptatie van de zenuwzieke medemens. Hij deed dat niet alleen; hij had een klein team van collega-psychiaters en verpleegkundigen die niet alleen Het Blauwe Huis onder hun hoede hadden, maar ook een aantal 'beschermd-wonen-projecten' in de stad voor mensen die bewezen hadden hun rol in de maatschappij weer te kunnen oppakken. Van Dijk was een idealist binnen zijn vak; en soms moest hij knokken om zijn ideeën gerealiseerd te krijgen. Hij was vooruitstrevend en fanatiek; daarbij ging hij door het vuur voor zijn patiënten en zijn medewerkers. Op Het Blauwe Huis was hij meer dan trots. Vanuit de wereld kwamen geïnteresseerde wetenschappers poolshoogte nemen van dat wat Van Dijk hier had bewerkstelligd. Ze keken hun ogen uit als ze op de speelplaats rondliepen, of als ze zagen hoe patiënten bij de buurtsuper een praatje maakten met andere bewoners.

Cas had vroeg een afspraak gemaakt en Van Dijk had een gat in zijn overvolle agenda geforceerd toen de politiepastor hem iets vertelde over de ontdekking in het Forensisch Laboratorium van Juliet Vandenbroecke. Hij ontving hem bij de deur. Er was weliswaar een secretaresse, maar de directeur had een hekel aan poortwachters die zijn kantoor ontoegankelijk maakten. Zowel mensen in de buurt als mensen in de kliniek moesten altijd bij hem kunnen binnenlopen. Wulffers kreeg een stevige hand. 'Ik ben een Groninger,' zei de psychiater en Cas stelde daar zijn zachte Brabantse greep tegenover.

Ze gingen naar het kantoor op de eerste verdieping, dat nu nog uitzicht bood over een deel van de nieuwbouw.

'Dat zal over een paar jaar wel anders zijn,' verzuchtte Van Dijk. 'IJburg groeit uit zijn voegen. Ik ben blij dat we deze plek nu hebben kunnen verwerven, want over een tijdje zou het onmogelijk zijn geweest zo'n jong woongebied binnen te dringen. U wilde mij iets laten zien?'

'Wij hebben een van de witte schilderijen van Jochem 't Hooft in ons lab geanalyseerd. Ik vermoedde al dat hij meer schilderde dan zomaar wit. Dit is het resultaat.'

De uitdraai kwam op tafel. Als een volleerd pokerspeler bekeek Van Dijk de prent. Hij nam hem in de hand, beschouwde het complete tafereel en daarop ook de details. Hij leek niets te verbijten, zich over niets te verbazen, maar hij nam wel de tijd om het werk in ogenschouw te nemen en nog niet het kleinste onderdeel ervan over het hoofd te zien. Na een poosje legde hij het voor zich neer en raakte het alleen nog even aan om te bevestigen dat dit het onderwerp van gesprek was.

'U weet wat dit betekent?'

'Ja,' zei de psychiater. 'Maar het ontslaat mij nog altijd niet van de plicht om het dossier van Jochem 't Hooft gesloten te houden voor buitenstaanders. Dus ook voor de politie.'

'Volgens mij hoeft dat ook niet open. Wat daar ligt, is open genoeg. Wist u dat de schilderijen zulke voorstellingen waren?' vroeg Cas.

'Ik vermoedde het. Ik ben... verbijsterd door de kwaliteit,' zuchtte hij. 'Het is vreemd en ook wat verwarrend. De inhoud schokt me niet, omdat ik de geschiedenis van Jochem ken. Maar zijn talent... nee, dat kende ik niet. Hij is een geweldige schilder.'

'Ja.'

'Goed. En wat moeten wij met die informatie?'

'Jochem 't Hooft heeft in de trein meer gezien dan hij zegt. Ik denk zelfs meer dan hij bewust weet. Hij verdringt bepaalde zaken. Dat weet u waarschijnlijk beter dan ik. Voor het onderzoek is het nodig dat we dát boven water krijgen.'

‘Maar is het ook beter voor Jochem ’t Hooft?’

‘Dat weet ik niet. Daarom ben ik hier.’

Van Dijk stond op. Hij liep naar het raam en keek naar de speelplaats. Hier was louter vrede. Het groen van de late lente was overal te zien. Het leek alsof mensen in deze tijd van het jaar hun meest fleurige kleding uit de kast haalden om zo hun omgeving wat vrolijker te kleuren.

‘En u voegt daar een groot dilemma aan toe.’

‘Dat is?’ vroeg Cas, want hij begreep het niet helemaal.

‘Ik wist zelfs bij benadering niet hoe getalenteerd Jochem was. En nu komt u met deze uitdraai en ik zie een groot schilder. En geloof me: ik houd van kunst. Als ik even genoeg heb van dit werk hier – en die momenten zijn er – dan mag ik graag ronddwalen in musea. Ik heb er veel bezocht, ook in het buitenland. En dit werk is grandioos. Ik zou bevriende galeriehouders zomaar kunnen interesseren voor zijn schilderijen.’

‘Wat let u?’

‘Mij? Mij let niets. Maar hém. Hij schildert niet voor niets in het wit. Hij wil alles schoonmaken. Zijn gezondheid, zijn geestelijke gezondheid gaat mij voor alles. En ik moet zeggen: het gaat goed met hem, al denk ik niet dat hij ooit helemaal geneest. We kunnen de psychoses bedwingen met medicijnen en we kunnen zorgen dat hij een keurig leven leidt in een nette buurt. Gerespecteerd als schoonmaker, als mens.’

‘Maar niet als kunstenaar.’

‘En tot nu toe – tot deze ochtend – vond ik dat een prima keuze. Iemand die alleen maar rare witte schilderijen maakt, ach... da’s prima als hobby... maar om daar nou een tentoonstelling voor te organiseren... dat gaat ver, vindt u niet? En nu heeft u ontdekt dat hij briljant is.’

‘En met die briljantheid kunt u niets doen. Want dan moet hij niet meer in het wit schilderen, maar in kleur,’ veronderstelde Cas.

'En moet hij al die verdrongen beelden uit zijn verschrikkelijke jeugd weer onder ogen zien. Zijn moeder heeft niet alleen een misdaad tegen zijn vader gepleegd, maar ook tegen hem en tegen de mensheid. Want ze onthoudt ons beeldschone schilderijen.'

'Hij belt mij,' zei Cas. 'Tenminste, ik veronderstel dat hij het is. Ik heb er geen bewijs van. Maar hij belt me om te dreigen; ik mag me niet meer met de zaak bemoeien. Als ik dat toch doe, dan zal hij me vermoorden. Dan kom ik op de bodem van 't IJ terecht.'

'Hoe weet u dat hij het is die u belt?'

'Uw instituut hier, ligt midden in 't IJ. En het is iets in zijn stem. Ik ben er nog niet een seconde van geschrokken. Omdat de klank iets anders zegt dan de woorden. Ik denk de hele tijd te horen: bemoei je er wél mee, politiepastor, want ik moet het vertellen.'

'Mag ik dit een duivels dilemma noemen?' zei de psychiater met enige verbetenheid. 'U moet zich voorstellen: ik zou een patiënt waarmee het goed gaat, zelfs uitstekend naar de maatstaven die wij aanleggen, door een sombere en verschrikkelijke tunnel moeten laten gaan... om wát te bewerkstelligen? Dat u een dader heeft! U kunt van mij een dergelijk offer niet vragen.'

'Of van hem de schilder te maken die hij werkelijk is.'

'Hij is gelukkig als schoonmaker, meneer!'

'Is hij compleet gelukkig? Is alles goed? Hij maakt die schilderijen toch? Hij wil dat we ze zien! Hij wil misschien zelfs dat we er doorheen kijken!'

'Ik kan zijn relatieve geluk niet opofferen voor een gok!'

'Misschien WIL hij dat we de waarheid vinden. Misschien wil hij zijn schilderijen één keer zelf zien. Ik kan ze stuk voor stuk door het laboratorium laten ontleden en ze zullen misschien zijn vervormde en gewonde geest oprakelen, maar ze kunnen misschien ook zijn geniale talent ontmaskeren.'

'Dan heeft de wereld één kunstenaar meer. Zitten we daar om te springen?' zei de psychiater die niet alleen met Cas Wulffers in discussie was, maar vooral met zichzelf. 'Ik ken de schade niet die we gaan aanrichten, meneer. Ik weet niet wat er zal gebeuren als hij die beelden werkelijk ziet. Ik zou niet weten in welke psychose hij dán terecht komt en of ik meteen de juiste medicatie zal vinden om hem dan bij ons te houden. Ik weet niet of ik hem dan kan redden. Misschien vervalt hij wel in zijn oude patroon. Misschien kunnen we hem daarna wel voor jaren opsluiten in een kliniek, een gesloten kliniek, een inrichting zo u wilt. Wat dan? Elektroshock? Lobotomie? Terwijl we hem nu met een eenvoudig medicijn relatief gelukkig kunnen houden!'

'Ik heb hier een nacht over getwijfeld!'

'Een nacht, meneer Wulffers? Heeft u er een nacht over getwijfeld? Misschien moet u er een heel leven over twijfelen, en misschien is dat zelfs niet genoeg.'

'Ik heb getwijfeld en ik weet het niet. En ik kan een heel leven twijfelen en dan weet ik het nog niet. Maar ik weet wel dat hij zelf ook een wil heeft. En dat hij signalen geeft om ons deze poorten te laten openen.'

'U klínkt zelfs als een dominee!' Cas ging zitten. De psychiater klonk als een gewond dier en gedroeg zich ook zo. Hij sloeg om zich heen en beledigde Cas, niet uit een onbeschofte inborst, maar uit pure paniek. 'Excuus,' zei hij daarom.

'Voor de zaak is het niet nodig dat Jochem een verklaring geeft. We vinden de moordenaar of we vinden hem niet. Maar ik denk dat in Jochem een andere Jochem gevangen zit die vrij moet. En die vrij kan zijn, juist door deze zaak.'

'U laat het klinken alsof die treinmoord een geschenk uit de hemel is.'

'Een geschenk wil ik het niet noemen. Maar misschien is het wel iets wat moest plaatsvinden.'

De psychiater stond op en pakte de hand van Cas Wulffers. 'Gun me tijd,' zei hij. 'Ik wil hierover nadenken. Gun me tijd.'

Cas knikte. Tijd was het minste probleem.

7

Zelfs met de nieuwe inzichten die Cas Wulffers de recherche had verschaft, zat het onderzoek naar de moord op Gustav Sacher muur- en muurvast. Dat was, volgens Peter Hermans, niet zo verwonderlijk. Hij vond de gedachte dat degene die de fatale schoten had gelost geen crimineel was weliswaar vermakelijk, maar sloot toch nog steeds niet uit dat het een afrekening was in het criminele circuit. Daarvan hadden ze intussen een fiks aantal dossiers waaraan ook nog altijd de namen van de daders ontbraken. Logisch, want de moordenaars waren over het algemeen beroeps. Ze streken geld op voor hun verschrikkelijke daad en zorgden er wel voor dat ze uit handen van de politie bleven. Ze reden op zwarte scootertjes rond, droegen zwarte integraalhelmen en verdwenen in de nacht zoals ze verschenen waren. Ze vormden de grote wanhoop van de recherche die al sinds jaar en dag bezig was om de vingers achter de georganiseerde misdaad te krijgen.

Elk spoor dat hij volgde, liep dood. Gustav Sacher was inderdaad in diverse restaurants om en nabij Hotel Victoria gezien. En inderdaad, altijd met andere dames. Ook al was Cas Wulffers ervan overtuigd dat Gustav Sacher niet zijn 'toevlucht' tot prostituees nam, Peter Hermans moest constateren dat de Duitse advocaat in Nederlandse dienst zichzelf blijkbaar wekelijks kon voorzien van ander vrouwelijk gezelschap. Het was naïef te veronderstellen dat dit allemaal 'kennissen' of collega's waren. Navraag via het Advocatenkantoor Stippel, Van Buren, Holdering en Van Sloten had dat bevestigd. Geen van de dames, voor zover ze dat konden nagaan, was werkzaam in of in de periferie van het bureau.

'Ik wil dat je dat weet,' zei Hermans toen hij hem hierover inlichtte. 'Ik wil dat je inziet dat intuïtie niets zegt totdat je bewijs hebt gevonden.'

'Je hebt gelijk,' zei Cas. 'Maar dat wist ik al. Hoe komt hij aan die dames?'

'Wil je dat werkelijk weten? Mogelijkheden genoeg. Advertenties in kranten. 's Nachts word je op televisie doodgegooid met telefoonnummers die je kunt sms-en. In deze verderfelijke wereld zijn er voldoende manieren om aan gezelschap te komen.'

'Zou een man als Gustav Sacher zich daarvan bedienen?'

'Cas! Een man als Gustav Sacher is een man met een net geknipte baard, wat niets zegt over zijn innerlijk, over zijn drijfveren, over wie hij als mens was.'

'Ik wil alleen maar weten hoe hij aan zijn damesgezelschap kwam,' zei Cas.

'En ik zeg je: dat weet ik niet.' Cas knikte. 'Heb jij nog iets?' Nu schudde Cas zijn hoofd, want de schilderijen met de gruwelijke afbeeldingen hád hij niet. Hij loog het niet, maar hij wilde ook niet dat Hermans de labiele Jochem 't Hooft zou overvallen met vragen, terwijl zelfs diens psychiater niet wist of het wankele evenwicht van de man wel verstoord mocht worden.

'Ik weet niets,' zei Cas.

Het damesgezelschap van Gustav Sacher zat hem dwars. Op een of andere manier had juist het gesprek met Angela en Thomas Stippel voor een beeld gezorgd van het karakter van de Duitse advocaat. En daar hoorde geen prostitutie bij. Hij draaide het nummer van Casa Vermelha en vroeg naar Harrie Spijkers. Of die nog even tijd had. Gewoon een kop koffie en een gesprek. Weer even afdalen in de beerput van de samenleving om te weten wat de stank precies was. Allemaal in het belang van het onderzoek.

'Laten we even bij De Waag afspreken. Dan hoef je de buurt niet in,' zei de eigenaar van de club aan de Oudezijds.

Een kwartier later zat Cas op het terras. Hij werd even aangesproken door de ober, later nog even door de kok. Er werd geïnformeerd of hij al verder was in zijn onderzoek en Cas besefte dat ook hij op een dood spoor was aangeland. Hij kwam niet verder, het leek wel alsof de zaak zich geheel en al in een mistwolk afspeelde waarin je alleen maar kon verdwalen. Het leek hun allemaal niet veel te doen. Ze waren nieuwsgierig en belangstellend, maar zeker niet zo wanhopig als Cas zich af en toe voelde. Hij vroeg zich af waarom hij in dit avontuur verzeild geraakt was. Wat hij er zelf van moest leren? Blijkbaar was het nodig om dit mee te maken... 'een geschenk uit de hemel', zoals de psychiater het noemde.

Harrie had een leren jekker aan. Hij kleedde zich meer dan twintig jaar jonger dan zijn echte leeftijd. De snor was in een soort gel gestoken zodat de punten meer dan vervaarlijk uitstaken. Hij rammelde van het goud. Hij klopte Cas op de rug bij wijze van groet.

'Goed, dominee, zeg het maar.'

'Mijn Duitse slachtoffer had wekelijks op donderdag ander damesgezelschap. Daar át hij mee, in restaurants hier in de buurt. Verder liet hij ze met rust. Mijn collega's bij de politie zeggen dat het prostituees waren, maar dat wil er bij mij niet in.'

'Daters.'

'Wat?'

'Op z'n Engels. Dáters. Dat zijn het. Niks mis mee.'

'Wat zijn dat?'

'Nou ja, je hebt ze in alle soorten en maten. Er zijn bureaus die het allemaal regelen. Jij weet helemaal niks, hè?'

'Nee,' zei Cas. 'Ik besef steeds vaker dat er een wereld onder de mijne is. En dat ik die niet ken.'

'Waarom ga jij niet gewoon terug naar Brabant, waar je vandaan komt? Dát leven begrijp je tenminste. Ik denk dat je daar goed werk zou kunnen doen. Dit holt langs je heen, dominee. Je zult het van z'n levensdagen nooit gaan begrijpen, omdat je het allemaal nooit zult goedkeuren.'

'Ik denk dat mijn taak hier ligt.'

'Moet je om je heenkijken. Een wereldstad. D'r vallen hier meer dooien dan wáár ook in Nederland. Moord en doodslag, rassenrellen, verkrachtingen. Allemaal dingen waar jij met je pet niet bij kan. Waarom bemoei jij je ermee?'

Cas wist waarom hij zich ermee bemoeide. Dit was zijn opdracht. Ook al begreep hij dit milieu niet, hij moest zich er in ophouden. Zijn plek was niet waar de zonde niet was, maar juist waar die wél was. En dat was hier. Hij kon er niets aan veranderen, tenminste, aan zijn opdracht niet... misschien wel aan de plek. Niet dat hij de illusie had dat hij de wereld kon verbeteren, maar wellicht een klein stukje ervan. Hij voelde zich bedrukt en hoopte dat er licht zou komen aan het einde van de tunnel.

'Hoe kom ik erachter... wat... hoe... hoe vind ik uit...' stotterde Cas.

'Luister Wulffers. Gustav Sacher kan de meest eerzame gedachtes en bedoelingen hebben gehad met die dames. Dat kan hij bij zo'n bureau ook hebben aangegeven. Dat hij op donderdagavond meestal eenzaam aankwam in de grote stad Amsterdam en dat hij dan graag gezelschap wilde. Een vreemde dame met wie hij alleen een maaltijd gebruikte, meer niet. Om op die manier zijn mensbeeld te verruimen.

Ik kén er eerlijk gezegd niet zoveel die zó zijn, maar ze komen voor.'

'En hoe...'

'Ik ga wel voor je bellen. In deze bizz ken ik alles en iedereen. Ik vind dat bureau wel voor je. Ik begrijp eigenlijk niet waarom je je zo druk maakt over die Duitser.' Cas dacht even na en had geen antwoord klaar. Toen wenkte hij de ober en vroeg of die François Lehman uit de keuken wilde halen. Het was nogal dringend. De ober knikte... het was druk, misschien kon het niet onmiddellijk. 'Dring even aan, het hoeft maar kort.'

Even later stond de kok bij hen. Hij veegde zijn handen af aan zijn schort en pakte een stoel om aan te schuiven. Hij zei: 'Ha die Harrie', want blijkbaar kende Harrie iedereen en iedereen kende Harrie, behalve Cas dan.

'U zei me iets over de blik waarmee het meisje naar hem keek. Ik kan me dat niet meer woordelijk herinneren. Zou u dat nog kunnen herhalen?'

'Nou ja, het was gewoon een bloedstollend mooie meid. Ik zei tegen de inspecteur hier dat ze zó in een speelfilm mocht, wat mij betreft. Zo eentje die je zelden ziet, begrijp je. Af en toe duiken er van die schoonheden op.'

'Het gaat mij niet om haar uiterlijk, maar om haar blik. Daar zei u iets over,' drong Cas aan.

'Haar blik?'

'U zei dat ze zo gelukkig was.'

'Bijna verliefd, zei ik. Zonder handtastelijkheden, hoor.'

'Dit moment moet nooit meer voorbijgaan. Dat zei u.'

'Ja, zo'n soort blik.'

De kok had het druk en moest weer aan zijn werk. Cas Wulffers keen Harrie indringend aan. Hij schudde zijn hoofd om de woorden goed en zorgvuldig te kiezen.

'Zo'n blik. Ik huur via een bureau een dame in, alles heel eerzaam, gewoon tafelgezelschap, niets bijzonders. Krijg ik die blik er dan zomaar bij?'

‘Ik heb haar niet gezien.’

‘Luister, Harrie, ik ben inderdaad niet van hier. Maar ik heb ogen in mijn hoofd en ik weet wat ik zie. Ik stel mij voor: Gustav Sacher heeft een bureau en krijgt elke week een dame die hem een avond lang gezelschap houdt. En daar praat hij mee, ze eten samen en ze nemen weer afscheid. Deze avond brengt hij door met een meisje dat vele jaren jonger is dan hij. En ze kijkt naar hem met ogen van “dit moment moet nooit meer voorbijgaan”. Hoeveel kost dat?’

‘Wulffers, alsjeblieft!’

‘Hoeveel moet je betalen om zo’n blik te krijgen? Dat is toch een gewone vraag in jouw wereld? Wat kost zo’n blik?’

‘Nee,’ zei Harrie en hij zuchtte vervolgens heel erg diep. ‘Je kan mij heel veel wijsmaken, maar zo’n blik krijg je er gewoon niet bij. Zelfs als je alle kapitalen van de wereld aan zo’n bureau of aan zo’n dame overmaakt, dan is ware liefde niet iets wat te koop is. En dat kan ik weten, want ik zou het verkopen als het voorhanden was. Maar het is er niet. Wij verkopen een bordkartonnen illusie, meer niet. Wat wij in de aanbieding hebben, is een dikke laag make-up, een onechte vorm van vrolijkheid en geluk, iets wat je zomaar door kunt prikken alsof het een zeepbel is. Ik weet wat ik in mijn huis heb, en die blik heb ik niet... en die hebben ze nergens.’

‘De Kretenzische Leugen,’ zei Cas.

‘De wát?’ vroeg Harrie.

‘Als je van zo’n bureau komt, heb je niet zo’n blik. Maar Gretchen of Mädchen had die blik. Dus...’

‘Dus komt ze niet van zo’n bureau.’

‘Hij had elke donderdagavond dat soort damesgezelschap.’

‘Dat móet via zo’n bureau zijn gegaan,’ hield Harrie vol.

‘Of het ene is waar, of het andere. Er zijn geen twee waarheden.’

Harrie schudde het hoofd. Hij probeerde de Kretenzische Leugen te doorgronden, maar van welke kant hij hem ook bekeek, hij kreeg er geen vinger achter.

'Laten we d'r over ophouden,' zei de eigenaar van Casa Vermelha uiteindelijk. 'Ik kom daar toch niet uit. Ik heb gewoon net iets te weinig voor dat soort vraagstukken doorgeleerd. Wat wil je van me?'

'Zoek uit welk bureau Gustav Sacher gebruikte. Kun je dat doen? Er moeten rekeningen verstuurd zijn naar Hamburg of anders naar Kantoor Stippel, Van Buren, Holdering en Van Sloten.'

'Hoe? Dat kan ik niet onthouden, hoor!'

'Ik schrijf het voor je op.'

'Okee. En wat doe jij dan intussen?'

'Ik ga naar dat bureau. Ik móet ze iets vragen.'

Hij kreeg Angela Stippel aan de lijn omdat hij de code 'Natèpac' had. Ze was nog in de Stippeltoren, misschien als allerlaatste, als enige. Ze noemde zichzelf wel eens 'degene die het licht uitdoet'. Ze zat gebogen over stukken. Cas vroeg haar of ze elkaar konden ontmoeten.

'Kunt u hierheen komen?'

Dat kon Cas.

Hij nam een taxi vanaf het Centraal Station. Zo'n ritje naar de Zuidas wilden ze allemaal wel. De Marokkaanse jongen achter het stuur gaf gas en schoot achter het C.S. in de Piet-Hein-tunnel. Binnen de kortste keren zoefden ze over de Ringweg om Amsterdam.

De bewakers wisten al dat hij zou komen en hij kon meteen door. Hij drukte de knop van de 23ste verdieping. Daar stond Angela Stippel al klaar voor hem. Ze zag er opmerkelijk ontspannen uit. Ze droeg een trainingspak.

'Ik ben net even in de fitnessruimte geweest,' zei ze, blijkbaar iets wat ze inpandig in de Stippeltoren hadden. Ze liep voor hem uit naar een geheel ander deel van deze verdieping. Ze gingen een gang door, en daarna nog één en kwamen in een loft terecht die min of meer buiten het gebouw hing, een opmerkelijke en gedurfde constructie van de architect. De ruimte met ramen rondom leek vrijwel los te hangen van de rest van de toren en was ingericht als een uitermate luxe appartement. 'Ik woon hier niet,' zei ze. 'Ik heb een huis in de binnenstad van Amsterdam, maar daar ben ik drie weken geleden voor het laatst geweest.'

'Dan woon je hier wél.'

'Ach,' verzuchtte ze en ze liep naar de bar. 'Kan ik wat voor u inschenken?' Ze nam zelf whisky met veel ijs. Voor Cas volstond water. Uit de kraan, zei hij. Maar ze pakte een flesje Spa en maakte dat voor hem open. De stad baadde zich buiten in de lichtjes van de nacht. In de verte waren de laatste slierten van de ondergaande zon zichtbaar. Het was een late lenteavond en het bleef gelukkig wat langer licht in het roerige Amsterdam. 'Wat kan ik voor u betekenen?'

'Met wie was Gustav Sacher op de donderdagavond, een week voor zijn dood?'

'Ik zou het niet weten.'

'Ik denk dat u het wel weet.'

'Bent u nu toch rechercheur geworden?'

'Nee,' zei Cas. 'Ik ben op zoek naar de waarheid. Omdat ik denk dat ik iemand daarmee kan dienen.'

'Ik weet het écht niet,' zei Angela, maar haar blik leek meer duister te bevatten dan in hun eerste gesprek. 'Gustav Sacher zag op donderdagavond verschillende vrouwen. Ze werden door hem "besteld". Ik zou niet weten hoe of wat of waar. Ik weet alleen maar dat het zijn persoonlijke hobby was.'

'Die ik niet begrijp.'

'Ik nog minder.'

'Ik ga ervan uit dat het geen prostituees waren, maar gezelschapsdames. En omdat u van deze ontmoetingen weet, neem ik aan dat u ook weet wat zijn drijfveer was.'

'Waarom wilt u dat weten?'

'Omdat ik denk dat er iets mis is gegaan. De regelmaat is doorbroken en dat heeft uiteindelijk een einde aan het leven van Gustav Sacher gemaakt. De vrouw die hij op die laatste donderdagavond heeft ontmoet, was een andere dan al die voorafgaande. Misschien berust hun ontmoeting op toeval, dat kan zijn. Maar in ieder geval zorgde het ervoor dat een kostbaar en tegelijkertijd wankel evenwicht werd verstoord.'

'Misschien is dat zo. Maar dan nog kan ik u niet helpen.'

'U weet wie die laatste vrouw was. Maar u wilt het niet zeggen.'

'Doet het ertoe?'

'Ja. Want die vrouw kan ons naar de moordenaar brengen.'

'Ik heb me in u vergist.'

'Of liever: naar de moordenares.'

Nu leek ze geschokt, uit haar evenwicht gebracht. Ze bekeek hem van een afstand, zoals een prooi naar de jager kijkt om in te schatten wanneer het dodelijke schot komt.

'Beschuldigt u mij? Weet u wel wat u doet? Ik kan hier advocaten op zetten die u voor de rest van uw leven werkloos maken.'

'Nu klinkt u als uw broer.'

'Misschien omdat we dezelfde vader hebben.'

'Heeft u nog meer broers en zusters?'

'Thomas en ik hebben dezelfde vader.'

'Dat vroeg ik niet.'

'Meneer Wulffers. Wát zoekt u? U zoekt een bureau dat dames leverde voor de aangename culturele en hoogstaande gesprekken van Gustav Sacher op donderdagavond. De avond dat hij over kunst, theater, muziek, over politiek, filosofie en wat al niet meer sprak met vrouwen die allemaal een complete studie hadden gevolgd op elk van die onderwerpen. Hij liet zijn intelligentie één avond in de week prikkelen. Daar is niets mis mee, ook al begrijpen u en ik dat niet.'

'U begrijpt het ook niet?'

'Nee. Ik vond het – op z'n zachtst gezegd – een merkwaardige liefhebberij. Of liever, nogal sick! Maar het was zíjn avond. Hij verheugde zich daar nogal op.'

'En die laatste dame?'

'Ik wéét het niet.'

'Was dat zijn dochter?'

Cas vroeg het 'in the blind'. Maar de vraag had al langer in zijn brein postgevat. Hij besefte dat die vraag er was sinds het moment dat de kok de blik van het meisje had beschreven. Hij voelde een koude rilling over zijn rug lopen.

'Ik ken zijn familie niet. Voor zover ik het weet, heeft hij geen familie. Hij was een einzelgänger, en wellicht was dat ook nodig in de zaken die hij deed. Hij ging om met zware criminelen, het grootste geboefte dat Amsterdam kent, en gelooft u mij... er lopen hier hele zware jongens rond. Hij kende ze allemaal, en ik denk dat een gezin gevaarlijk was geweest.'

'Nee, dat denk ik niet.'

'U kent die wereld niet.'

Cas herinnerde zich de woorden van Harrie. 'Je kinderen moet veilig naar school kunnen.' Hij nam blindelings aan dat Harrie Spijkers het criminele circuit beter kende dan deze juffrouw met haar kantoorappartement dat als een parasiet aan haar bedrijf hing.

'U verzwijgt iets,' zei Cas. 'Dat is uw goed recht, maar ik denk dat ik zo langzamerhand tot de kern van deze zaak kom. Ik ga ontdekken hoe het allemaal zit. En dan heeft u een probleem.'

'Dat insinueert u?'

'Nee, dat weet ik. Want u verzwijgt iets. En ik neem aan dat dát iets is wat u in problemen kan brengen. Het vervelende is dat ik niet weet wát, hoe, wáárom... al die dingen waar het in het recherchewerk om gaat... die weet ik allemaal niet.'

'Wat doet u hier dan?'

Daar gaf Cas geen antwoord op. Niet omdat hij het niet wilde geven, maar omdat hij plotseling besefte wat deze zaak bij hem had teweeggebracht.

Cas Wulffers had intussen één goede vriendin. Je zou het zijn 'romantische interesse' kunnen noemen. Ze was bibliothecaresse bij De Koperen Knoop in de Staatsliedenbuurt en soms gingen ze samen naar een concert. Ze hadden aangename gesprekken samen en beiden hadden zich af en toe overgegeven aan een voorzichtige maar volstrekt onschuldige flirt. Hij had haar lange tijd Juffrouw Lidwien genoemd, maar ze was intussen Lidwien geworden.

Ze was verrast dat hij zo laat nog voor haar deur stond.

'Ik heb een goede vriendin nodig om mee te praten,' zei Cas. 'Ik moet je iets vertellen.'

'En dat kan niet tot morgen wachten?'

'Nee,' zei Cas. 'Eigenlijk niet.'

Ze liet hem binnen en zette verse muntthee voor hem, omdat dat de geest rustig maakt en de hersens helder.

'Ik heb een dochter,' zei Cas. 'Ze wil niets meer met mij te maken hebben, sinds de dood van haar moeder. Ze was toen 17 en ze verweet mij toen – en verwijt mij nog altijd – dat ik niet genoeg oog heb gehad voor de ziekte van mijn vrouw. Je moet weten dat mijn werk altijd op de eerste plaats heeft gestaan. Ik vind het belangrijk om te doen wat ik doe, ook al ben ik er niet altijd zeker van. Ik weet heel vaak niet of ik het goede doe, maar ik weet wel dat dit het is waarvoor ik op de aarde ben. Toen mijn vrouw ziek werd, heb ik niet alles opzij geschoven om haar te verzorgen. Zij had dat ook nooit gewild. Een domineesvrouw, ik weet niet of je weet wat dat is?'

'Nee,' zei Lidwien, maar dat was het enige wat ze zei, want ze wilde hem graag laten praten.

'Dat is meer dan een partner van iemand zijn. Het is een functie, volstrekt ondergewaardeerd en volkomen onbetaald. Als je beroepen wordt in een gemeente, dan veronderstelt men dat je vrouw meekomt, en dat ze meewerkt in alle geledingen van de kerkorganisatie. Als je je vak zo serieus neemt als ik dat altijd heb gedaan, dan is er meer dan vierentwintig uur per dag, dan zeven dagen in de week, dan 365 dagen in het jaar aan werk. En ze heeft daar nooit over geklaagd.'

'Was je toen nog dominee, dan? Dat ben je nu toch niet meer?'

'Ja, ik was dominee. In Brabant. Mijn vrouw kreeg darmkanker. En ze herstelde, boven verwachting. Bestraling, operatie, chemokuur... dat heeft ze allemaal moeten meemaken, maar ze kwam er doorheen. Wij kwamen er doorheen. En toen hebben we de draad van het werk weer opgepakt. Misschien bén ik inderdaad blind geweest. Misschien héb ik het niet gezien, maar een week voor haar dood voelde ze zich niet lekker. We gingen terug naar het ziekenhuis en... het was een aflopende zaak... Ze ging zienderogen achteruit. Het leek alsof het leven zomaar uit haar wegvloeide. En toen nam ze afscheid, van mij en van mijn dochter. En vertrok. Of liever, het leven vertrok uit haar.'

'Je hebt daar nooit iets over gezegd.'

'Ik draag het altijd bij me. De begrafenis was achter de rug en een paar weken later ontstond er thuis een kleine ruzie tussen mij en mijn dochter. En binnen de kortste keren ontspoorde dat conflict. Ze zei: je had kunnen zien dat ze ziek was, je had eerder met haar naar het ziekenhuis moeten gaan, je had er moeten zijn!'

'Was je erbij toen ze stierf?'

Cas snikte. Zijn schouders schokten. 'Je was er niet bij toen ze stierf?'

'Nee. Er was... iets... iemand die hulp nodig had... iemand... Ik was er niet bij! Suus was alleen!'

Lidwien sloot haar ogen. Toen liep ze naar Cas toe en pakte hem beet. Ze troostte de trooster en ze liet zijn hoofd tegen zich aan vallen.

'Ik denk dat je een lange weg te gaan hebt, Cas Wulffers. Ik begrijp niet waarom dit allemaal nú moet, maar...'

'Ik ben met een zaak bezig. Een vermoorde Duitse advocaat die met een meisje heeft gegeten, een week voor zijn dood. En er werd een blik beschreven die het meisje had toen ze met hem was. En ik besefte meteen dat het precies díe blik is die ik al zo lang niet heb gezien!'

'Hoe lang al?'

'Meer dan vijftien jaar!'

'Och jongen. Och...' Lidwien had werkelijk medelijden met hem, maar ze wist ook dat ze niet meer kon doen dan hem een luisterend oor bieden.

'Ik móet dat meisje vinden. Hoe dan ook!'

Ze spraken nog meer dan twee uur met elkaar en Cas haalde herinneringen op die gelukkiger waren dan die paar die een stempel hadden gedrukt op zijn totale bestaan. Het verlies van zijn vrouw en de niet te repareren breuk met zijn kind waren dompers in een leven dat ook gelukkig was geweest. Hij vertelde over Suus, die hyperintelligent was en klassen oversloeg op school omdat ze geen enkele moeite hoefde te doen om wát dan ook te leren. Lidwien ging meer en meer van haar goede vriend houden, hoewel het volkomen ongepast was om daar op dit moment íets van te laten merken. Ze streelde af en toe de haren op zijn arm en hij genoot van haar aanwezigheid. Hij luchtte zijn hart en alles kwam boven.

'En nu?' vroeg ze toen hij naar huis ging.

'Ik weet het niet,' zei hij.

Thuis ging de telefoon. Het was Harrie die hem al de hele avond had proberen te bereiken. Gustav Sacher maakte gebruik van een gerenommeerd bureau dat 'Cogito Ergo Sum' heette, naar de beroemde woorden van René Descartes... 'ik denk, dus ik besta'.

'En ik heb zelfs de naam van dat meisje. Maar die had je zelf ook al.'

'Ja?'

'Ja,' zei Harrie. 'Ze heet "Mädchen". Mädchen Holdering.'

'Holdering?'

Die naam zei hem wel wat... maar wát ook weer.

8

Het bureau was niet van plan het telefoonnummer van Mädchen Holdering door te geven aan de politiepastor en daarom riep Cas uiteindelijk de hulp in van Peter Hermans. Hij legde hem uit wat hij wist, en hij zei ook wel te beseffen dat hij nauwelijks een zaak had. 'Alleen maar intuïtie, Peter. Maar zij is in ieder geval de laatste in de rij van vrouwen waarmee hij de donderdagavond doorbracht. Dus kwaad kan het niet om haar te spreken.'

'Waarom gaat deze zaak je zo aan het hart, Cas?' vroeg Peter.

'Dat vertel ik je nog wel een keer,' zei de politiepastor. 'Écht!'

'Ik had je niet mogen laten schorsen,' zei Peter en hij legde zijn hand op de schouder van zijn collega. 'Ik kan af en toe zo'n ongelofelijke driftkikker zijn. Dan zit alles wat op m'n pad komt me ook meteen in de weg.'

'Ik begrijp het wel,' zei Cas. 'Ik ben zelf ook een driftkikker.'

In ieder geval was 'Cogito Ergo Sum' veel meer onder de indruk toen er een politiewagen met gillende sirene voor kwam rijden en twee agenten plus een rechercheur een inval deden met als uiterste dreigement dat de hele zaak gesloten zou worden vanwege betrokkenheid bij een levensmisdrijf en het achterhouden van belangrijk bewijsmateriaal. Nog geen twee minuten later kon Peter Hermans bellen met Mädchen Holdering. Ze zei dat ze naar het bureau zou komen.

Ze was er binnen een kwartier. Het was weliswaar midden in de nacht, maar ze had zowaar ook nog een paar advocaten weten te regelen. De beste die je maar kon vinden in het vak. Het waren broer en zus Stippel en op een of andere manier had Cas Wulffers niet anders verwacht.

'Jij hangt, vriend,' dreigde Thomas bij binnenkomst. En Cas knikte. Hij had al genoeg dreigementen naar zich toe geslingerd gekregen. 'Onze cliënte, juffrouw Holdering, heeft niets met het misdrijf te maken en weigert elke vorm van medewerking in deze zaak. Ze heeft een week voor de onfortuinlijke dood van onze medewerker, de heer Gustav Sacher, inderdaad de maaltijd met hem gebruikt, maar meer informatie kan ze niet verstrekken.'

'O, u bent van die Holdering,' liet Cas zich ontvallen.

'Er is geen enkel bezwaar dat juffrouw Holdering een familiale band heeft met ons bedrijf,' voegde Angela toe aan het stellige betoog van haar broer. Mädchen had tot nu toe niets gezegd. Ze leek nog het meeste op een angstig jong vogeltje dat buiten de kooi de grote boze wereld vreesde. De kok en de ober hadden gelijk gehad toen ze het meisje beschreven. Ze was inderdaad bloedstollend mooi. Camera's zouden door haar vanzelf gaan snorren.

'Maar hoe zit die familieband dan?'

'Juffrouw Holdering is de dochter van een voormalige partner in ons bedrijf.'

Cas pakte er wat papieren bij. Hij had destijds een beetje uitgezocht hoe het precies zat met het familiebedrijf van Stippel. Twee van de vier partners had de oude Frederik binnen de kortste keren uit zijn zaak weten te werken, met de derde was hij getrouwd.

'Eh... mevrouw Holdering was toch de echtgenote van uw vader?'

'De tweede echtgenote, jawel. Zij was niet onze moeder.'

'Ze leeft niet meer?'

'Nee. Helaas.'

'Dus juffrouw hier is jullie halfzus.'

'Ja. We hebben dezelfde vader.' Cas fronste de wenkbrauwen. Angela en Thomas waren de kinderen van Frederik Stippel en zijn eerste vrouw. En mevrouw Holdering was zijn tweede vrouw... 'Wat dóet het ertoe, meneer Wulffers? Of juffrouw Holdering nu wel of niet onze halfzus is, wat maakt dat nou uit!'

'Waarom draagt u de meisjesnaam van uw moeder?'

'Daar kun je in dit land voor kiezen!' zei Thomas. Tot nu toe had Mädchen nog geen woord kunnen zeggen. De advocaten stonden pal en spraken vóór haar.

'Nee. Dat kun je pas sinds een paar jaar. En u bent drieëntwintig?'

'Ja,' zei ze.

'Je hoeft niets te zeggen, Mädchen. Helemaal niets.'

'Waarom had u die afspraak met meneer Sacher?'

'Onze cliënte heeft in een opwelling die zij zeer betreurt zichzelf opgegeven bij het bureau waar Gustav Sacher gebruik van maakte. Het is een toevallige ontmoeting geweest, die er verder niet toe doet. Hij heeft nota bene een week vóór de moord plaatsgevonden. U moet uw werk doen, meneer Wulffers, en u ook, meneer Hermans. En onze cliente zou het zeer op prijs stellen als u nu uw ondervraging zou willen afronden.'

'Hij is je vader, toch?' Ze schrok. 'Ik begrijp het toch goed dat Gustav Sacher de éérste man was van mevrouw Holdering én dat hij jouw vader was? Dat klopt toch? Was je blij om hem te zien?'

'Goed, we gaan!' stelde Thomas en hij begon zowaar aan Mädchen te trekken.

‘Hoe had je dat geregeld? Ik neem aan dat je het geregeld had via dat bureau,’ hield Cas vol. De ogen van het meisje vlogen de afdeling over. Thomas sloeg een arm om haar heen en had al een draai naar de uitgang gemaakt. Peter Hermans ging voor de deur staan en zorgde ervoor dat het drietal niet zonder slag of stoot naar buiten kon.

‘Wij zijn nog niet klaar met onze ondervraging!’

‘Ga jij maar eerst eens praten met de officier van justitie, vriend, en dan zien wij nog wel of wij willig zijn om aan dit onderzoek onze medewerking te verlenen,’ zei Thomas en hij probeerde Peter opzij te duwen. Ondertussen hield Cas al zijn pijlen gericht op het meisje.

‘Was hij blij dat je hem gevonden had? Natuurlijk! Hij moet door het dolle zijn geweest. Je échte vader.’

‘Ik wil weg,’ zei Mädchen.

‘Wat is er zo érg aan die waarheid?’ vroeg Cas. ‘Waarom heb je hem een week later doodgeschoten?’

Ze leek als gestoken, maakte zich los van haar broer die uiteindelijk haar broer niet bleek te zijn.

‘Dat héb ik niet gedaan!’

‘Ik weet zeker dat een vrouw je vader heeft vermoord.’

‘Het zijn criminelen. Toch, Angela? Mijn vader is vermoord door criminelen!’

‘Ik denk het niet,’ zei Cas. ‘Ik denk dat jij het was.’

‘Ik was het niet,’ zei Mädchen en haar stem klonk bijna smekend.

‘U beseft dat u zojuist uw pensioensvoorziening naar de knoppen heeft geholpen? U wordt de laan uit gebonjourd, morgenochtend als eerste. En het wordt een oneervol ontslag. U komt helemaal nergens meer aan de bak,’ zei Thomas.

‘Ach vent, zak door het ijs met je advocatentaal!’ zei Cas en dat maakte de zaak er niet beter op.

‘Dit hele bureau gaat dicht. Jullie gaan d’r allemaal aan. Dit wordt een rél.’

‘Waarom?’ vroeg Cas opnieuw aan Mädchen. ‘Waarom heb je eerst zo’n prachtige avond met hem doorgebracht?

En waarom heb je hem daarna vermoord? Ik begrijp het niet!'

'Ik heb het niet gedaan!'

'Wij willen nú weg!'

Hermans deed een stap opzij, waardoor de deur open ging. Angela – die zich intussen over het meisje had ontfermd – vertrok met haar broer en haar zus die ook weer niet haar zus was uit het pand. Peter Hermans keek ze na.

'We hebben nu wel de poppen aan het dansen.'

Chef Pengel riep Cas Wulffers en Peter Hermans de volgende dag bij zich. Hij was uitgesproken rustig. Hij vertelde hun dat het gerenommeerde advocatenkantoor Stippel, Van Buren, Holdering en Van Sloten een zaak van slecht gedrag aanhangig had gemaakt, waarbij een mogelijke getuige in een moordzaak zonder enige grond beschuldigd was de dader daarvan te zijn. De zaak was hoog opgelopen. De Stippels hadden zo hun contacten en die waren allemaal aangeboord. Er zou bloed vloeien. De juridische afdeling van de Amsterdamse politie had de zaak nu in onderzoek en het leek Chef Pengel wijselijk om nu even 'low profile' te handelen.

'De bom is nog niet gebarsten,' zei Peter Hermans toen ze weer uit het kantoortje kwamen. 'Maar geloof me, dat gebeurt.'

'Ze heeft het gedaan,' zei Cas. 'Ik weet niet waarom. Maar ik weet gewoon dat ze het heeft gedaan. Haar broer en haar zus beschermen haar. Het is zo klaar als een klontje.'

'En hoe willen we dat bewijzen? We hebben het wapen niet. We hebben geen vingerafdrukken, geen ballistiek die in ons voordeel werkt. We hebben niets.'

'We hebben een ooggetuige.'

'We hebben iemand die het lijk heeft gevonden.'

'Nee, Peter, we hebben meer dan dat.'

Hij verliet Bureau Warmoesstraat en belde psychiater Wybe van Dijk om te vragen of die al een beslissing had genomen.

De Groninger zweeg even en zei toen: 'Laten we naar de Goudsbloemdwarsstraat gaan.'

Voor de deur van het woonhuis van Jochem 't Hooft ontmoetten de twee elkaar. De psychiater arriveerde eerder en stond al te wachten. Ze wisselden een blik en een korte groet.

'Wat is het doorslaggevende argument voor u geweest om... om dit aan te gaan?' wilde Cas weten.

'Ik zal u zeggen: ik heb veel bereikt met Jochem. Hij is schoonmaker en gelukkig in zijn simpele bestaan. Hij hoeft wat mij betreft geen groot kunstenaar te zijn of beroemd te worden. Als hij gelukkig is, dan is dat genoeg reden om alles te laten zoals het is.'

'Dus u gaat mij niet helpen.'

'Ik zou u sowieso niet helpen, want u heeft mijn hulp niet nodig. De enige die hier van belang is, is Jochem.'

'En u gaat dit niet doen, vanwege Jochem.'

'Ik ga dit wel doen, juist vanwege Jochem.'

'Pardon?' vroeg Cas.

'Hij is al dagen niet meer naar zijn werk gegaan. Hij gaat alleen nog maar naar het Mentrum. Hij komt niet meer in beweging. Alle vooruitgang die ik de afgelopen jaren met hem heb geboekt, is weg. En ik zie geen enkele andere mogelijke doorbraak dan... dan deze confrontatie.'

En daarop belde hij aan.

Jochem liet ze binnen. Hij vroeg of ze melk wilden, want hij had geen andere drank in huis. De psychiater vroeg hem of hij aan de grote tafel wilde gaan zitten, want hij wilde hem iets laten zien. Hij legde een map op tafel, gesloten met een dekblad naar boven.

'Ik heb de politiepastor erbij gevraagd omdat ik denk dat je voor hem geen geheimen hebt. Ik weet wat jouw geschiedenis is. En ik heb het gevoel dat je die nog één keer moet vertellen.'

De grote schoonmaker kreeg tranen in zijn ogen. Hij was door een vreselijke tunnel gegaan en had licht gezien aan het einde daarvan. Hij slikte medicijnen waardoor alles tot stilstand was gekomen. Niet nog een keer die ellende!

'Ik wil het niet,' huilde de sterke kerel en hij was plotseling zo breekbaar als het dunste glas. 'Ik kan dit allemaal niet nog een keer meemaken, meneer. Het zit in mijn hoofd opgesloten en daar zit het goed. Ik wil het niet meer zien. Als het voor mijn ogen staat, dan doet het verschrikkelijk zeer. U weet niet wat die pijn is.'

'Dat weet ik niet, nee,' zei Cas. 'Maar ik weet wel wat pijn is. Niet specifiek díe pijn, maar een andere heb ik... misschien wel net als jij. Ik heb een kind en dat heb ik al vijftien jaar niet gezien. En dat doet zeer. Van binnen. Een wond die ik al jaren loop te ontkennen, maar die daardoor vreselijk is gaan zweren en ontsteken.'

'U weet niet hoe erg het is wat ik heb gezien.'

'Dat weet ik wel,' zei Cas. 'Want je schildert het.'

'Ik schilder wit,' zei Jochem.

'Nee,' zei Cas. 'Dat schilder je niet. Ja, voor mij is het wit. En voor de hele wereld. Maar voor jou niet. Je zegt het zelf. Jij ziet die schilderijen anders dan wij. Jij kent ze. Jij omringt je ermee.'

'Het is gewoon wit,' hield Jochem vol.

'En als het dat niet is, Jochem? Wat is het dan wel? Je hebt ze hier in de kamer hangen. Je verstopt ze niet. Je hebt ze niet op zolder achter een kast geduwd. Nee, je hangt ze in je kamer en je kijkt er elke dag naar. En blijkbaar zie je jezelf daarin.'

'Zie ik ook. Het zijn mijn spiegels. Ik kan erdoor leven!'

'Waarom kan je door die witte schilderijen leven?'

'Omdat ze me troosten. Omdat ze vertellen dat ik zo geworden ben als ik ben, niet omdat ik dat heb gedaan, maar omdat zij dat heeft gedaan. Ik ben onschuldig. Ik heb het niet gedaan.'

'Wie zei er dat jij het had gedaan?' vroeg Cas.

'Mijn moeder. Mijn moeder zei: het is allemaal jouw schuld. Ik was een jongetje. Wat kon ik nou weten? En zij was... was zoals ik... ze was gek... ze was knettergek... ze was gestoord! Ze moeten gestoorde mensen opsluiten... ze moeten ze medicijnen geven zodat ze niks meer voelen. Anders zijn ze levensgevaarlijk. Ik moet binnen blijven, want niemand mag mij ooit nog meemaken omdat ik anders misschien iets doe.'

'Luister, Jochem,' zei Cas die van de psychiater het woord mocht doen. 'Jij bent níet je moeder. Jij hebt niets gedaan wat ook maar in de buurt komt van wat die vrouw jouw vader heeft aangedaan. Jij bent de onschuld zelve. Jij bent een goed mens.'

'Hoe weet u van...' Hij wendde zijn blik naar de psychiater. 'U mag er niet over praten.'

'Je hebt er zelf over gesproken, Jochem. Je hebt de politiepastor hier een schilderij meegegeven, waarop het allemaal staat.' En nu ging de map open die de psychiater in zijn beheer had. Hij haalde er de uitdraai uit van het schilderij zoals het bewerkt was door de computers van het Forensisch Laboratorium. Hij draaide de prent naar de schoonmaker toe die hem aanpakte alsof hij het werkelijke schilderij in handen kreeg. Hij hield het vast, bekeek het van alle kanten en op zijn gezicht kwam een blik van verwondering, verbazing en misschien zelfs wel verrukking. Maar niet van wanhoop of afschuw. 'Weet je waarom je niet van die prent schrikt, Jochem? Omdat je dit altijd ziet. Het is niet anders dan waar je mee leeft. En als ik het mag zeggen: het is een verschrikkelijke geschiedenis, mensonterend. Jij hebt gezien hoe jouw moeder je vader vermoordde. Jij hebt moeten meemaken dat jouw moeder jou daarvan de schuld gaf. Je bent als kind zó verschrikkelijk beschadigd dat ik me schaam voor het mensenras. Maar je hebt ermee leren leven. En je schildert het zó prachtig dat iedereen het zal begrijpen.'

'Dit zit in mijn hoofd,' zei Jochem.

'Nee,' zei Cas. 'Het hangt bij mij thuis. En ik ben er zo trots op dat het bij mij thuis mag hangen. Ik zou al je schilderijen wel willen zien, Jochem. Stuk voor stuk. Natuurlijk zullen ze gruwelijk zijn, maar ook geweldig, omdat ze jouw waarheid vertellen.'

De schoonmaker hield zijn schilderij – de uitdraai uit de computer – vast en vroeg of dat kón. Of alle schilderijen door deze computer gezien konden worden. Cas zei dat dát kon, al realiseerde hij zich wel dat het hem een boel etentjes zou kosten.

'Dat is mooi,' zei Jochem.

'En nu... Jochem... moet ik je vragen... ik wil weten wat je gezien hebt in die treincoupé.'

Jochem keek hem aan. Hij knikte even. Stond toen van zijn tafel op en liep naar een kastje aan de zijkant van de driezitsbank. Daar stond een houten paneel van pakweg een halve meter in het vierkant. Wit, zoals alle witte schilderijen.

'Zij heeft het gedaan,' zei hij en hij gaf het schilderij dat hij van de moordenares had gemaakt aan de politiepastor.

De zaak Mädchen Holdering liep hoog op. De officier van justitie werd ingeschakeld. Er kwamen klachten binnen op de zogenaamde Gouden Gang, de afdeling op het hoofdbureau waar de korpsleiding zetelde. Er werd gebeld met wethouders en staatsecretarissen en verschillende nieuwsrubrieken werden ingelicht over het schandalige gedrag van de politiepastor van Bureau Warmoesstraat.

Cas nodigde Angela, Thomas en Mädchen uit om naar het Forensisch Laboratorium te komen. Daar waren ook Peter Hermans, Chef Pengel, Andreas de Graaff, Juliet Vandenbroecke en psychiater Wybe van Dijk.

Natuurlijk maakte Thomas weer veel stennis over het feit dat zij opnieuw ontboden werden. Dat het 't zoveelste incident was in de misdragingen van het bureau. Dat ze er allemaal van zouden lusten.

‘Meneer Stippel. We kunnen deze zaak afronden,’ zei Cas uiteindelijk. Peter Hermans liet hem opnieuw het woord doen. Ook Chef Pengel hield zich gedeisd.

‘U bent al genoeg in problemen. Daar kunnen deze nog wel bij,’ zei Thomas. ‘Want ik neem aan dat u met nog meer beschuldigingen komt.’

‘Alleen dat we een ooggetuige hadden van de moord op Gustav Sacher, uw vader,’ knikte Cas Wulffers.

‘O, en waar is die vent dan?’

‘Die is hier niet. Maar zijn behandelende geneesheer vertegenwoordigt hem.’

‘Jongens, jullie moeten het echt niet doller maken, hoor. Die dokter kan toch niet voor hem praten? Gaat die nu de schuldige aanwijzen? Waar zijn we in vredesnaam mee bezig?’

‘Nee,’ zei Cas. ‘De ooggetuige is een opmerkelijk begaafd kunstschilder en heeft voor ons een portret gemaakt van de dader.’ Cas hield een wit schilderij op. Thomas begon hard te lachen, en ook Angela kon een glimlach niet onderdrukken.

‘Nou, dat wordt lekker zoeken dan,’ zei Thomas. ‘Gaan jullie dit vanavond ook uitzenden bij “Opsporing Verzocht”? Dat wordt de komedie van de eeuw, kan ik je vertellen. Jullie gaan niet alleen af, jullie willen écht de goot in. Nou, ik zal jullie er een handje bij helpen.’

‘U denkt dat dit een wit schilderij is, maar dat is het niet. Wij hebben ontdekt dat er wel degelijk een afbeelding zichtbaar is op dit paneel. Als je maar goed kijkt.’

‘Nou, ik zie alleen maar wit.’

‘U ben ook geen computer,’ zei Cas en hij draaide zich naar Juliet. ‘Hoeveel tijd heb je nog nodig?’

‘Zeven minuten en twaalf seconden,’ zei Juliet.

‘Meneer De Graaff, hier, is de patholoog-anatoom en hij heeft het lichaam van meneer Gustav Sacher onderzocht na de moord,’ zei Cas. ‘En hij stelde vast dat de moord is gepleegd rond of ná aankomst van de trein.’

'Ja, én?'

'Ik denk zelf ná aankomst,' zei de politiepastor. 'Ik denk dat iemand die trein opwachtte met een pistool. Dat de deuren opengingen en dat de moordenaar de coupé is ingegaan waar Gustav Sacher nét bezig was zijn spullen bij elkaar te pakken. En toen zijn of haar fatale schoten lostte.'

'Ach,' zei Thomas Stippel. 'Een politieman die denkt. Daar zitten we in dit land om te springen. Meneer Wulffers, in dit werk gaat het om bewijzen. Keiharde bewijzen. Al uw andere suggesties laten mij koud!'

'Ik vraag me toch nog steeds af wat het motief van de moord is. Ik neem aan dat die verankerd ligt in de familiebanden.'

'Gaat u de tijd volpraten, meneer Wulffers? U brengt zichzelf alleen maar in grotere problemen,' zei Angela op haar beurt.

'Ik denk dat Gustav Sacher een betere vader voor jullie was dan Frederik Stippel. Als ik de persoonsbeschrijving van die man lees, dan raak ik daar niet echt van onder de indruk. Een vader van niks. Nu heb ik daar persoonlijk eigenlijk niets over te zeggen...' zei Cas, die zichzelf ook niet zo'n bijster geweldige vader vond. 'En dan begrijp ik niet waarom hij dood moest. Wat voor bedreiging was hij nou eigenlijk? Ik zie niet in waarom je de ene week geniet van de aanwezigheid van zo'n man en dan in een week zoveel haat opbouwt...'

'Daar gaan we weer,' zei Thomas. 'U heeft sinds gisteren helemaal niks geleerd. U verkeert al lang in de gevarenzone. U beschuldigt nog steeds mijn cliënte van iets wat zij ontkent. En u heeft geen enkel bewijs.'

'Nog vier minuten en zevenendertig seconden.'

'Kent u de Kretenzische Leugen?' vroeg Cas. 'Ik ben hem al een paar keer tegengekomen in deze zaak. Hij werpt mooi en helder licht op de hele affaire. Hij helpt me werkelijk.'

'Praat u maar een end weg. Gaat dit nog lang duren?'

‘Ik zeg: Mädchen Holdering ontdekt wie haar vader is en heeft een prachtige avond met hem, want hij is werkelijk iemand die over heel veel onderwerpen kan praten. Ze drinken Moezelwijn; hij weet zelfs alles over Müller-Thurgau, de Silvaner, de Kerner die dan weer uit de Riesling met de Trollinger is voortgekomen.’ Mädchen snikte. ‘En ze vindt hem mooi en lief en groot en alles wat ze altijd had willen hebben... een echte vader. Ik vraag me trouwens af hóe u er achter bent gekomen.’

‘Doet dat er iets toe?’ vroeg Thomas.

‘Ik heb een dossier gevonden. In een la. Van mijn moeder. Ze had een bureautje en ik heb dat altijd een wonderlijk meubel gevonden omdat het in zijn verhoudingen niet klopte,’ zei Mädchen, plotseling opmerkelijk spraakzaam. ‘En ik zag op tv precies zo’n meubel, in een Amerikaanse film. En iemand die op een stukje ingelegd hout drukte, waardoor er een paneel opensprong. Toen kon je het blad opzij duwen, en daarin zaten een stuk of wat mappen .. waaronder de waarheid over mijn vader.’

‘En u hebt hem gezocht?’

‘Mijn broer en mijn zus hebben het mij ten strengste ontraden. Maar ik wilde hem zo graag zien. Zonder dat hij hoefde te weten wie ik was. Toen ik hoorde van zijn wekelijkse ontmoetingen, was het idee gauw genoeg geboren.’

‘Eén minuut zestien,’ zei Juliet. Angela fronste. Thomas keek naar Mädchen.

‘Je hoeft niets te zeggen,’ benadrukte Thomas opnieuw.

‘Het was de gelukkigste avond van mijn leven,’ zei Mädchen. ‘Ik denk dat ik de mooiste vader van de wereld had. Zijn stem alleen al ontroerde me. De manier waarop hij alles licht maakte, door erover te vertellen, en alles wat hij wist. Ik hield van hem.’

Cas luisterde. Hij kende dat gevoel. Houden van je dochter. Houden van je vader. Hij verlangde hevig om het terug te vinden.

‘Zesenveertig seconden,’ zei Juliet.

'De Kretenzische Leugen,' zei Angela. 'Houdt in...'

'Houdt in...' zei Cas. 'Mädchen houdt zielsveel van de vader die ze opnieuw heeft gevonden. Mensen die verschrikkelijk veel van iemand houden en iemand nét hebben teruggevonden, zullen diegene niet vermoorden. Gustav Sacher is vermoord...'

'Door Mädchen Holdering,' zei Angela. 'Bravo. Briljant. U heeft haar nog net niet tot een bekentenis gebracht, maar het scheelt niet veel.' Angela ging voor Mädchen staan. 'We zetten hier de beste advocaten op die we maar kunnen vinden. Als we ze niet binnenshuis hebben, kopen we ze wel ergens op. Jij gaat hiervoor niet de bak in... nog geen dag!'

'Maar ik heb het niet gedaan,' zei Mädchen.

'Mijn cliënt wil graag gaan,' zei Angela. 'Wij hebben een zaak voor te bereiden, namelijk.'

'U mag gaan over...' zei Cas.

'Zeventien seconden.'

En Juliet telde af. Cas liep naar de monitoren en wenkte Angela, Thomas en Mädchen om hetzelfde te doen. Tien, negen, acht...

'We gaan al zijn schilderijen zo behandelen,' zei Cas. 'Hij gaat binnenkort exposeren.'

Vier, drie, twee...

'U bent onschuldig,' zei hij nog net tegen Mädchen voordat het beeld opsprong.

Op vier grote lcd-schermen in de hal van het Forensisch Laboratorium werd een levensgroot en prachtig geschilderd portret zichtbaar van een jonge vrouw in de mooiste jaren van haar leven. De streek was onmiskenbaar die van Jochem, die haar toch maar heel even gezien moest hebben. Hij had haar gezicht opgeslagen in zijn onovertroffen schildersgeest en haar portret met exacte streken van zijn penseel aan het doek toevertrouwd. Ook dit was een opmerkelijk schilderij. Het ontroerde en verpletterde, het had een blik zoals alleen schilders die kunnen vangen.

En het was Angela Stippel.

Ze sloot even haar ogen en zuchtte diep.

'Dit is allemaal een leugen,' zei de advocate. 'Jullie hebben een truc uitgehaald. Dit kan niet waar zijn. Hij kan mij nooit gezien hebben. Ik was weg voordat hij die wagon binnenkwam!'

'Alles wat u zegt kan tegen u gebruikt worden,' zei Peter Hermans. 'En mag ik erbij zeggen dat uw laatste zinnen min of meer een bekentenis waren?'

Angela werd de dagen daarop verhoord. Ze vertelde aan de rechercheur dat ze de dolblije Mädchen de dagen ná haar ontmoeting met Gustav Sacher volkomen euforisch had horen worden over 'háár vader'.

'Ik begon hem langzaam maar zeker te haten. Mijn zus had een betere vader dan ik ooit had mogen hebben, en dat voelde onrechtvaardig. Ze leek alles te verraden wat van ons drieën was. Ik heb nooit een vader gehad. Nooit een echte vader. Hij was een instituut, een soort bankrekening, een erfenis... maar hij hield niet van ons. Zoals niemand van ons hield. Mijn moeder niet, mijn stiefmoeder niet. Liefde kwam in ons gezin niet voor. En toen was er plotseling die ene man... die ene man die al jaren in ons bedrijf werkzaam was. Die de enige was die zaken kon doen met al die verschrikkelijke criminelen met hun poenige gedrag en hun dure auto's en hun wensenlijstjes. En die man... die goeie, mooie man... die was plotseling de vader van mijn zus, en niet van mij! Alleen maar van haar! Ik heb Gustav Sacher vermoord, uit pure jaloezie,' zei ze en ze liet het Peter Hermans uittypen en ondertekende het uiteindelijk – tegen het uitdrukkelijke advies van haar broer in – als een geschreven bekentenis.

De dagen daaropvolgend was het Forensisch Laboratorium maar ten dele beschikbaar voor recherche-onderzoek. Gelukkig stonden er zoveel apparaten dat geen enkele moordzaak onder dit kleine gebrek moest lijden. Schilderij na schilderij legde Juliet onder haar prachtige camera. Schilderij na schilderij bleek een openbaring te zijn van schoonheid. Psychiater Wybe van Dijk belde met zijn kunstvrienden en binnen een paar weken was er een opmerkelijke tentoonstelling van een nieuwe kunstenaar georganiseerd die louter en alleen witte schilderijen maakte. Bij elk van die werken werd een prachtige print gehangen met dát wat de verf enigszins verstopte, maar wat in het hoofd van Jochem 't Hooft al die tijd gewoon op het schilderij had gestaan.

Cas Wulffers nam bibliothecaresse Lidwien mee naar de tentoonstelling en samen dwaalden ze langs al dat werk dat niet alleen maar uit een gruwelijke voorstelling van die ene moordpartij bestond. Er waren prachtige portretten bij van mensen die hij had ontmoet in het Mentrum. Zijn psychiater was op ettelijke werken te zien.

'En die daar, dat ben ikke,' zei Dirk en hij ging ernaast staan, zodat iedereen de gelijkenis kon zien. 'Nou ben ik een kunstwerk geworden en daarmee heb je het allerhoogste bereikt in een mensenleven,' zei hij ontroerd.

Er was een klein portret van Cas Wulffers en dat ontroerde Lidwien zeer, omdat de blik haar erg beviel.

'Hoe dat zo?'

'Je zoekt,' zei ze. 'Dat zie ik vaak in je gezicht. Mooi getroffen. Die zoekende blik.'

'Zoekt en gij zult vinden,' zei Cas en hij sloeg een arm om haar heen. Zij graaide in haar tas en pakte haar mobiele telefoon. 'Wat doe je?' Ze gaf geen antwoord en drukte een paar knopjes in. Toen gaf ze het toestel aan Cas. 'Wat moet ik hiermee?'

Hij luisterde en hoorde een stem aan de andere kant zeggen: 'Met Suus.' Zijn adem stokte in zijn keel. Een moment lang wist hij niet wat hij moest zeggen. Het liefste was hij weggerend, dol van angst, de straat op. Maar hij stond als versteend aan de grond. Hij hield het toestel in zijn hand, en voelde hoe er zweetdruppels op zijn gezicht parelden. Toen pas – voor zijn gevoel úren later – zei hij:

'Je spreekt met je vader, Suus.'

Lees ook de andere delen van de serie

Wulffers!

Wulffers
en de zaak van...
de vermoorde onschuld
DICK VAN DEN HEUVEL & SIMON DE WAAL
MOZAÏEK

Lees ook de andere delen van de serie Wulffers!

Wulffers
en de zaak van... de vermoorde onschuld

Dick van den Heuvel & Simon de Waal

In de buurt van het asielzoekerscentrum Gladiatorweg – net buiten de stad – wordt het ontzielde lichaam van de 17-jarige Daniela van Stee gevonden. Het meisje is de vorige avond tegen de uitdrukkelijke wens van haar ouders in tóch naar de disco gegaan. Hoofdverdachte is de 21-jarige Omar, een vluchteling uit Somalië, die in de buurt van de disco is gesignaleerd en die door Daniela en haar vrienden eerder die avond werd aangesproken.

Cas Wulffers registreert de woede over deze gruwelijke moord bij zijn politiemannen, en ook bij de bevolking ziet hij de verontwaardiging snel toenemen tot ware vreemdelingenhaat. Als de schuldige niet snel gevonden wordt, is de kans op een uitbarsting van geweld niet meer dan een kwestie van tijd. Voor de politiemensen van Bureau Warmoesstraat staat de dader vast. Ze hebben al eerder gedonderjaag gehad met de bewoners van het asielzoekerscentrum, en ook Omar is voor hen geen onbekende.
Wulffers vermoedt dat er wel eens een andere dader zou kunnen zijn...

ISBN 90239 9114 1
€ 9,95

en de zaak van...
de bloed-
verwanten
DICK VAN DEN HEUVEL & SIMON DE WAAL
MOZAÏEK

Lees ook de andere delen van de serie Wulffers!

Wulffers
en de zaak van... de bloedverwanten

Dick van den Heuvel & Simon de Waal

Leontien Boffet loopt met haar vijfjarige zoontje Sam in de Bijenkorf. Even wordt haar aandacht afgeleid. Als Leontien zich weer omdraait is Sam weg. In paniek rent Leontien al zoekend over de afdeling waar ze aan het winkelen was – maar Sam is spoorloos verdwenen.

Rechercheur Peter Hermans start een zoekactie. Ook Wulffers verdiept zich in de zaak – om te concluderen dat er niet zomaar een kind is geroofd, maar dat hier sprake is van een doelbewuste en goed geplande ontvoering. Want wat is eigenlijk de geschiedenis van Leontien en Sam?

ISBN 90 239 9116 8
€ 9,95

Wulffers
en de zaak van....
de dode hoek
DICK VAN DEN HEUVEL & SIMON DE WAAL
MOZAÏEK

Lees ook de andere delen van de serie Wulffers!

Wulffers
en de zaak van... de dode hoek

Dick van den Heuvel & Simon de Waal

Gerard van der Borcht is een potige Amsterdamse vrachtwagenchauffeur die met grote regelmaat rijdt op Spanje. Op een dag bereikt zijn vrouw Eva het bericht dat hij de macht over het stuur heeft verloren in de Pyreneeën, en met zijn truck in een ravijn is gestort. De Franse politie doet onderzoek en komt tot de conclusie dat Gerards dood alleen hemzelf te verwijten valt. Eva gelooft daar helemaal niets van.

In de hoop gehoor te vinden voor haar twijfels, klopt ze aan bij het politiebureau aan de Warmoesstraat. Maar daar kunnen de rechercheurs niets voor haar doen. Alleen politiepastor Cas Wulffers is bereid een luisterend oor te bieden. Hij besluit hier en daar eens navraag te doen naar Gerard en het bedrijf waarvoor hij werkte.

Er komen steeds meer vragen naar boven. Waarom zijn er eigenlijk geen vrachtbrieven? Waarom weet niemand wat Gerard vervoerde? En waarom reed hij veel verder dan de officiële eindbestemming Sevilla?

ISBN 90 239 9133 8
€ 9,95

Wulffers
en de zaak van...
het galgenmaal
DICK VAN DEN HEUVEL
MOZAÏEK

Lees ook de andere delen van de serie Wulffers!

Wulffers
en de zaak van... het galgenmaal

Dick van den Heuvel

Uit het water van de Korte Prinsengracht wordt het levenloze lichaam van een zwerver opgedregd. Niemand lijkt zich echt druk te maken over dit voorval, maar Cas Wulffers wil weten wie het was en hoe hij te water is geraakt. Ook een zwerver is een mens.

Uit onderzoek van de patholoog-anatoom Andries de Graaff blijkt dat de man op de avond van zijn overlijden een copieus diner heeft genuttigd met uiterst dure wijn. Wie heeft de zwerver mee uit eten genomen en wat wilde hij daarmee bereiken? En is hier wel sprake van een ongeluk of is de man uit de weg geruimd?

Wulffers bijt zich in de zaak vast. Al snel blijkt dat er meer aan de hand is dan de recherche op het eerste gezicht vermoedde.

ISBN 90 239 9147 8
€ 9,95

en de zaak van...
de
karakter-
moord
DICK VAN DEN HEUVEL
MOZAÏEK

Lees ook de andere delen van de serie Wulffers!

Wulffers
en de zaak van... de karaktermoord

Dick van den Heuvel

Gebogen over zijn oude Remington-schrijfmachine ligt het levenloze lichaam van thriller-auteur Albert C. Boon. Hij is de nestor van het Spannende Boek, de *éminence grise* onder de detective-schrijvers en oud-rechercheur van Bureau Warmoesstraat. Van het manuscript van zijn jongste geesteskind *Inspecteur de Bock en de Kwade Zaken* is alleen de titelpagina nog te vinden, de rest lijkt door de misdadiger te zijn meegenomen.

Stukje bij beetje weet politiepastor Cas Wulffers de laatste dagen uit het leven van 'Boontje', zoals collega's en vrienden de beminnelijke schrijver noemden, te reconstrueren. Een leven zonder vijanden, zo lijkt het. Boontje was een vriendelijke rechercheur, met een inmiddels enorm oeuvre – en een bijzonder grote duim, want geen van zijn zaken was ooit écht gebeurd.

Maar geldt dat ook voor het dossier waarop zijn laatste boek is gebaseerd? Welk verhaal moet ongeschreven blijven? En waarom moest de oude Boontje zelf het zwijgen worden opgelegd?

ISBN 90 239 9182 6
€9,95